死角 II

DEAD END II

美術＋故事——曹志豪
文字——留晴

目次

CONTENTS

第一回合 ROUND 1

醒來 WAKE UP

二〇一二年十二月二十九日，
出道戰，
對香港拳手，
李承東——勝。

GAME 1

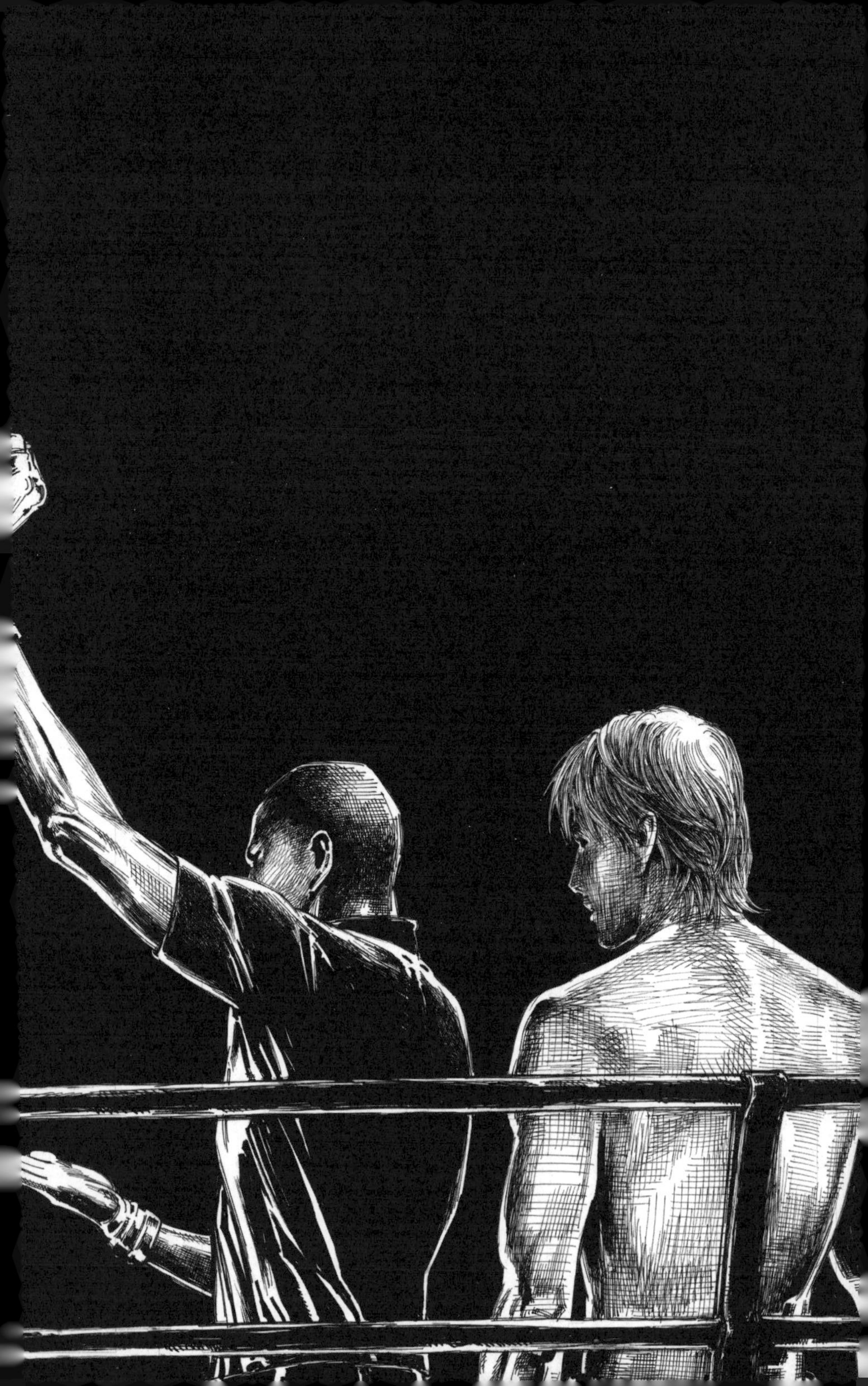

GAME 2

二〇一三年八月十日，
第二戰，
對泰國拳手，
李承東——敗。

二〇一四年一月二十五日，
第三戰，
對克羅地亞拳手，

李承東——勝。

GAME 3

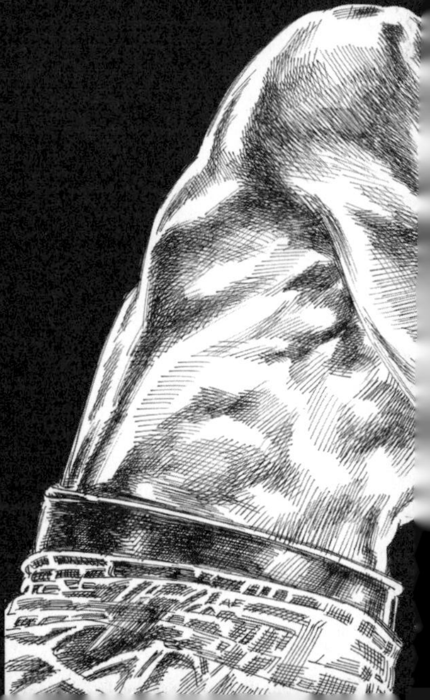

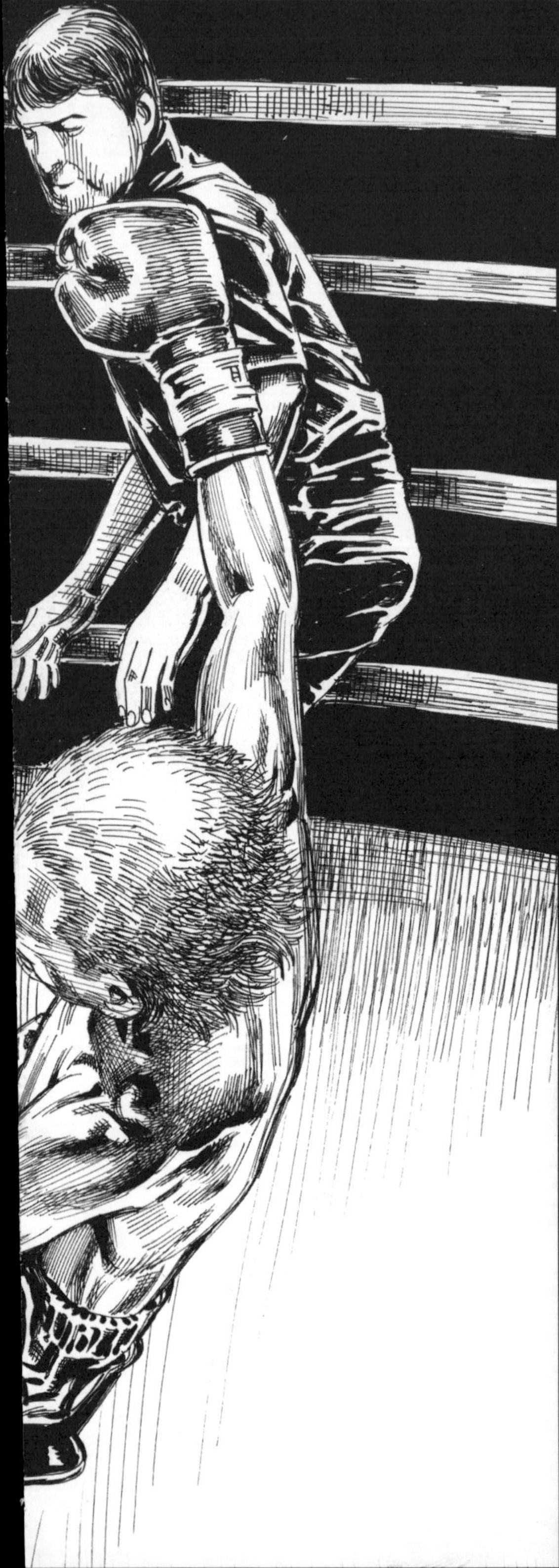

GAME 4

二〇一四年六月二十九日，
第四戰，
對香港拳手，
李承東——勝。

GAME 5

二〇一七年十一月七日，
第五戰，
對菲律賓拳王——

砰！

在亞洲拳王爭霸戰的擂台上，菲律賓拳王Aflerdo被來自香港的挑戰者李承東一個左直拳重擊倒地，拳證立刻上前彎下身，在Aflerdo身邊倒數。

「一！二！三！……」

全場無不為這一拳驚呆了好一會兒，到懂得回過神來時，Aflerdo的團隊立即往擂台大聲嘶喊，要他立即站起來。李承東則在另一邊喘着氣，狠狠地瞪緊倒在地上還未能動的Aflerdo，彷彿在瞪着自己一生的宿敵魯堅一樣。

本來是李承東教練的魯堅，卻在此時只關心着Aflerdo能否站起來。

「沒想到這李承東還能打！」

「雖說是久休復出，聽說他特訓了半年才上擂台的。」

本來李承東退出拳壇已久，這次上陣也是不被看好，這一拳倒是給觀眾打了一巴掌，讓大家對他刮目相看。

「這些拳手真不專業，賺夠就退休，無錢就復出！」

在觀眾席上的秀賢聽到有人如此批評李承東，自是生氣，可是她不想與人爭辯，反正台上的李承東也不在乎這些人如何看，他上台只是為了替好兄弟歐陽駿向魯堅討個公道！

「四！五！六！……」

在場的觀眾沒想過Aflerdo就這樣一拳被李承東打到躺在地上，連動也不能動，風頭霎時一轉，觀眾大聲嘶喊着秒數，彷彿都在替李承東打氣。畢竟，澳門是華人地方，李承東才是自己人，既然他有勝算，身為自己人當然是支持吧！

可是Aflerdo鬥志頑強，絕不會輕易被打倒，十秒還未夠，他忽然就跳了起來，噓聲和歡呼聲彼此交替，兩邊陣營的氣氛也是十分緊張。

「比起之前的那個歐陽駿，這李承東好看多了！」

「還好他躺在醫院裡，要不然肯定很快被打倒！」

秀賢終於回頭狠狠地往那些嘴多的觀眾瞪過去，可是誰會怕她的怒目？像她這樣嬌柔內向的女生根本毫無殺傷力。

她很想站起來大聲咆哮，說歐陽駿是有實力的拳手，他絕對不比任何人遜色！他……他只是單純了點！他……他也是被人利用而已！

她每天在寵物店內，隔着玻璃窗，看他在跑步練氣；每次歐陽駿來幫襯，她都能看出他的變化，他越來越結實，臉上漸漸有了自信，但就算他怎樣變，他眼神裡的那團火始終不變。

她應該是先喜歡上這眼神，才慢慢喜歡他這個人吧。

剛才拳賽開始沒多久時，醫院打過電話來，說歐陽駿似乎有醒過來的跡象，可是她人在澳門，就算趕回去也過了探病時間，怎麼辦？

秀賢的心思全然不在擂台上，老實說，她從來都不是拳賽的鐵粉，什麼賽例，怎樣得分，她都是因為歐陽駿才學的。今天她大老遠的來這裡，只是一心想替歐陽駿支持兄弟。

台上打得如火如荼，Aflerdo打出連串快攻，李承東側着身靈巧閃避，未曾後退一步，整個人專注於找出Aflerdo出拳的空隙，狠狠地打上一拳！可是Aflerdo反應也快，不僅閃開了，還能偷空朝李承東頭上還上一拳，李承東立即避開，勝負難分。在秀賢看來，台上的兩個人雖拳來拳往，卻像是在打空氣一般，她壓根不知道這是在幹什麼。

「噹」一聲響起，第三回合完結，雙方返回繩角稍事休息，Aflerdo又是助手又是教練，一圈人的包圍着招呼他，李承東則只有一堆助手遞個水敷個冰什麼的，魯堅始終沒走過去自討沒趣，正巧在李承東喝水時跟他互相對望了一眼，李承東隨即吐出一口水，眼神極之鄙視！

可是這眼神也沒傷着魯堅什麼的，反而臉上泛起一陣得意的笑臉。

李承東一開始的表現就讓人感覺力有不逮，可是他始終都捱過了幾個回合，每每他的體力差不多耗盡之時，都不要臉地黏上Aflerdo以博取一、兩秒的喘息空間。

Aflerdo脾性暴躁，不喜歡拉鋸戰，見李承東勢弱便強攻，可是也沒討到什麼便宜，李承東雖處於下風，卻也靈巧，整個人彈後再看準對方攻勢跳到有利位置，成功避過不少致命攻勢，甚至找到空位喘口氣，再打上幾拳不痛不癢的來取分。

這也該感謝歐陽駿，畢竟彈跳移動才是他的看家本領，現在李承東用的是個變奏版本，只為了要賴皮鑽空隙，說起來也不好意思。

「Come on! Coward!」Aflerdo 挑釁李承東，想讓他犯錯，好等自己有機會一招把他 KO。

李承東哪會吃這一套，全然聽不到似的，一邊防守一邊爭取休息時間。

「攻啊！」

「直拳打過去！」

誰也沒想到李承東這麼耐打，能捱到第八回合，可是大家對於保守戰術不感興趣，使勁地叫他進攻。唯獨秀賢沒有，她聽了一通電話後，立馬離開了會場，留下來陪着李承東共進退的，只剩下一張空椅子。

話說回來，這的確也是個進攻的好時機，Aflerdo的情緒已然按捺不住，體力也消耗了不少，若此時李承東有足夠力氣奮力一擊，要贏也不是一場春秋大夢。

眾人都看到的事情，身為李承東教練的魯堅怎會看不到？如若李承東勝出，名頭是好聽，因為李承東是代表King Boxing出賽的，可是魯堅需要的不是一個這樣的結局！

魯堅手裡拿着記事簿，一邊看着比賽一邊寫，便抬頭向Aflerdo的教練點頭示意。他們之間，心領神會。

雙方在休息過後，Aflerdo忽然改變策略，連續揮出好幾手直拳把李承東逼退，卻在最後一下變成了刺拳，李承東乘機貼近他，奮力揮出上勾拳，沒想到Aflerdo好像早着先機似的，巧妙地避開。

如是者來回了好幾次，李承東已經氣喘如牛，Aflerdo卻刻意跟他保持距離，不讓他有機會黏過去休息。

李承東知道Aflerdo想打消耗戰，自是十分焦急，他的體力已經摸頂，再耗下去他即使能打上十二個回合，也鐵定無法靠分數取勝。

李承東一直在找能夠一擊即中的空檔，說時遲那時快，Aflerdo在打出一拳後，李承東閃身避開，卻找到了反擊的有利位置，連忙扭腰轉上去揮出狠狠的右勾拳！

啪！

Aflerdo的左臉吃了一記重拳，但仍有殺着，隨即一個份量十足的左勾拳從空隙中突襲到李承東的下頷！李承東冷不防Aflerdo有此一着，正中要害，幾乎是飛身倒地！

他們出拳之快，所有觀眾都來不及反應，個個都瞪大了眼睛，恐怕全場只有魯堅和Aflerdo的教練徹底掌握着賽果的發展，展露從容的笑臉。

「Aflerdo似乎是看穿了李承東的套路，並利用當中的漏洞誘敵消耗體力，再趁他出拳的空檔給他一記狠狠的重擊！果然是世界級拳王，想必事前做足功課！」距離擂台最近的觀眾馬上發表個人見解，魯堅聽罷卻是一個得意的冷笑。

砰！

李承東受了一拳，兩眼一黑，倒下！

「不！我不能輸！」

如雷般的掌聲震動着李承東耳膜，他奮力睜開雙眼，在擂台的另一端，Aflerdo以勝利者的姿態，站在繩角上振臂疾呼，接受觀眾的祝賀！

李承東醒過來，準備再次作戰，拳證卻在他身旁揮手示意不能再打。

「為什麼？」李承東倏然站起來，看見Aflerdo正在慶祝自己的勝利，即向拳證厲聲斥責：「你憑什麼判我輸了？」

「我要繼續比賽！」李承東跌跌撞撞的向Aflerdo一方走去，拳證見狀立即上前擋住了他。李承東的身軀被攔住，嘴巴還在越吵越烈：「你幹嘛阻止我？你是不是被人收買了？」

觀眾噓聲四起，魯堅站得雖近，卻冷眼任由李承東出醜。忽然間，有個男人不知從哪裡竄上擂台，與醫生和工作人員合力把李承東拉住。

「冷靜點！」那男人喝道。

李承東在掙扎時回頭一看，大吃一驚：「武叔？」

武叔正是尚武拳擊會的老闆，等於是李承東的老闆。沒想到平時對李承東不聞不問的他，竟然專程跑來看比賽。

「你怎會來了？」

「你請大假來打比賽，我還未跟你算帳！走！去醫院！」武叔看來像是怒氣沖沖。

「不！我還能打！」李承東還在堅持。

「Leave here! Loser!」Aflerdo見他不依不撓的，更是不耐煩。

「你的對手是我！」

台下忽然傳來一把聲音，穿透了周遭嘈雜的歡呼聲和噓聲，所有人不期然地尋找聲音的來源，個個的眼睛找到主持身邊後，都嘩然起來！

「是歐陽駿！」

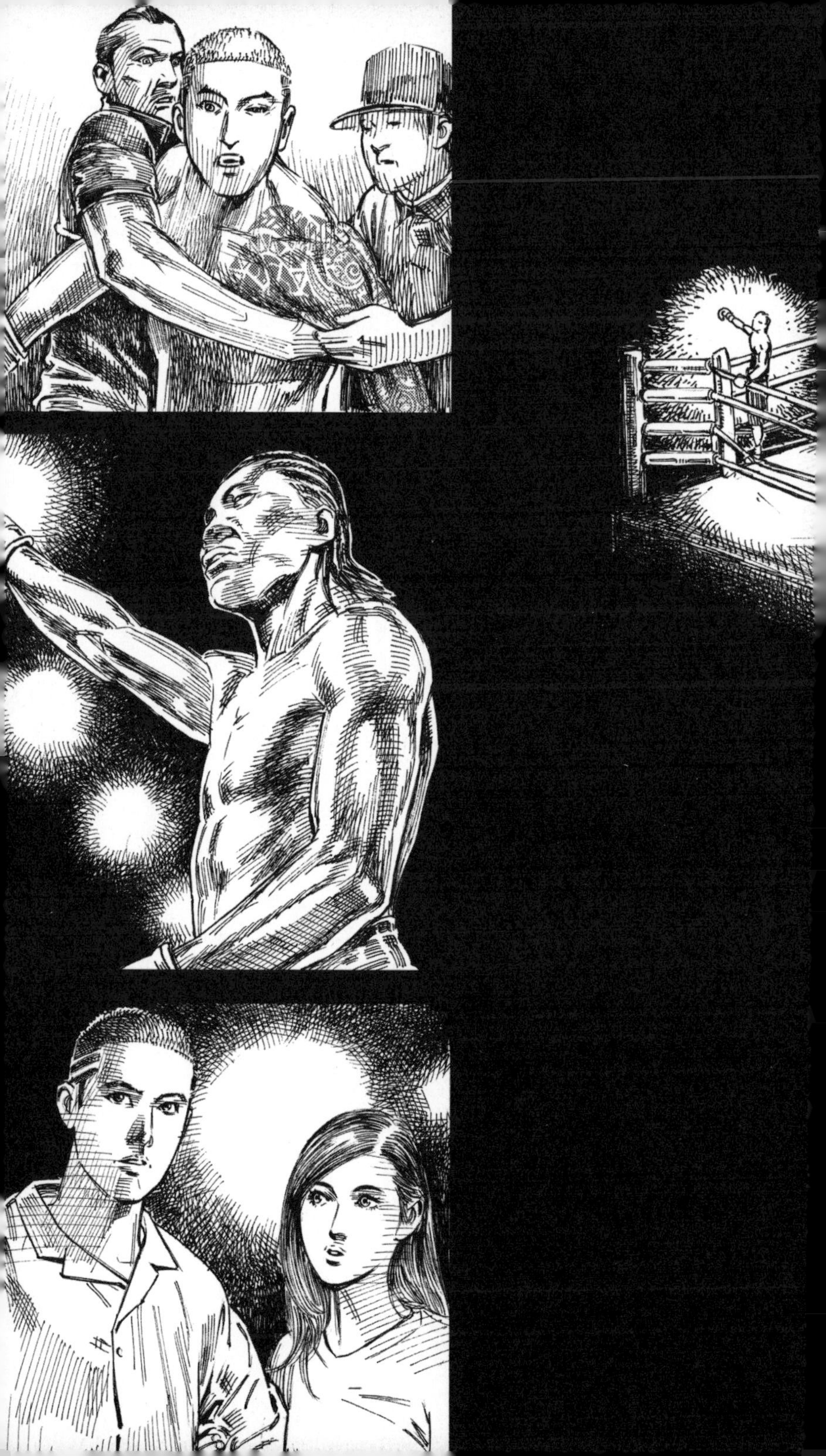

李承東瞧見歐陽駿竟現身在會場內，一時間還以為是幻覺，沒想到竟是真的！可是他驚喜的情緒也沒維持多久，武叔等人已經連拖帶曳地把他帶離現場。李承東雖不情不願，奈何體力也真的消耗盡了，無法反抗。

歐陽駿一身病人服，在秀賢的攙扶下，拿起了主持的咪高峰向 Aflerdo 下戰書，惹來眾人議論紛紛。

秀賢一直捉緊着歐陽駿的手臂，不止是怕他摔倒，更是她想捉住那份「他真的醒過來了」的真實感。她感受到這衣服下的體溫，聽到他的聲音，想起剛才一走出會場，在街燈的映照下遇見他的那一幕，到現在還覺得這一切都像是一場夢。

歐陽駿撐着柺杖在台下停住了腳步，望向 Aflerdo，指着金腰帶道：

「一年後，我要拿回屬於我的東西！」

記者聽到歐陽駿的豪情壯語後，立即衝到擂台前，想要捕捉Aflerdo的反應。

「你本來的對手再次宣戰，你會接受嗎？」

眾人紛紛向Aflerdo投擲問題，Aflerdo卻一言不發，在團隊的簇擁下離開擂台，跟歐陽駿擦肩而過，連正眼也不看他一下。記者們死心不息地緊追其後，逼得Aflerdo的教練不得不停下來回應提問。

「我們只接受任何光明正大的擂台比賽，當然也要挑戰者有這個資格。」教練冷淡的一句，彷彿帶着幾千支箭插入歐陽駿的心。歐陽駿受了奇恥大辱，在觀眾眼裡看得十分可笑，紛紛向他報以噓聲！

「滾出去吧！廢物！」「去打黑拳啦！」

「滾回去黑市吧！」「回醫院躺一輩子別出來獻醜吧！」

「廢物！」

「廢物！

「廢物！」

「廢物！」

「廢物！」

「廢物！」

「廢物！」

「廢物！」

「廢物！」

「廢物！」

「廢物！」

「廢物！」

「廢物！」

「你們在說什麼？」歐陽駿的雙手緊握拳頭，低聲質問。

「不被人打死，你就該感恩了！」有觀眾也毫不留情地挑釁。

觀眾的嘲笑聲多麼的刺耳，說話要多難聽有多難聽，虛弱的歐陽駿即使如何想爭論，如何想證明自己的實力，這一刻，他有氣卻無處發洩。

「別管他們，我們走吧！」秀賢本想替歐陽駿爭辯兩句，卻又害怕場面失控的話，大家都危險，只好拉着他灰溜溜地離開。

一陣歡呼聲和拍掌聲還在他們身後響起，彷彿是無窮無盡的諷刺。

＊＊＊

「阿駿醒了，我要去找他！」李承東人在救護車上，才剛稍有精神，又開始折騰起來。

「去什麼？你現在要先到醫院檢查，留院觀察一晚才行。」武叔讓李承東繼續躺着。

「我沒事。你幹嘛非要拉我走？他們連拳證都收買了！」李承東對剛才的賽果耿耿於懷。

「你自己看。」武叔給他遞上電話，讓他重看自己的比賽片段。

「當時拳證已經數過了十秒，你才站起來的。」武叔播到最關鍵的一刻，不禁嘆口氣：「就差那麼一點點，或許就能贏。」

「你……不是來抓我曠工的嗎？」

「你是怕丟飯碗的話，又何必答應魯堅？」

「小明告訴你了？」李承東沒想到武叔對他的事這般上心。

「有人利用我公司的人，我總要關心一下吧？」

「我還是輸了……」李承東不止是輸了比賽，還輸給了魯堅。

「你比我想像中表現好得多了！」武叔拍拍他的肩，笑道：「殺人鯨這綽號也真的挺適合你，沒想到短短半年的訓練，你已經可以跟菲律賓拳王爭一日長短。」

說到「殺人鯨」這三個字，李承東的臉色忽然難看起來。

「我不是那個意思！你別誤會！」武叔意識到自己說錯話了，連忙補救。

「我是錯手殺了人。」李承東輕輕的一句，卻是無比沉重。

一時間，氣氛壓得車上一片沉靜。

「那只是意外。擂台上本就是生死相搏的事，你再放不下，都是難為自己而已。」武叔安慰道。

「那是一場可以避免的意外。」

「過去已成定局，你只能想往後如何避免意外再來。」

「對……」李承東聽了武叔的話後，若有所思起來。

＊＊＊

澳門外港客運碼頭的直升機候機室內，只有角落處坐了一位貴客，這中年的外籍男子身材碩大，那寬敞的單人沙發他一人就塞滿了，身後還帶着一個助手和一個保鏢，一身黑西裝端端正正的站着，跟他一身隨意的恤衫牛仔褲攤在沙發上，愜意地享受着雪茄形成強烈的對比。

他就是Alferdo公司的老闆Mr. Johnson。

也許剛才在會場太熱鬧了，Mr. Johnson特別喜歡這平靜的候機室。可是，他的寧靜空間也沒享受多久，就被魯堅打斷了。

他看見魯堅一臉精神的走進來，就在座位上特別熱情地喊道：「Oh!! 魯堅，你也回去了？來來來！抽一根！」

Mr. Johnson把手上的煙晃了晃，助手心領神會，連忙把雪茄恭恭敬敬的遞到魯堅面前，緊接手上也準備好火槍。

魯堅接過了雪茄看了看又嗅了嗅，向Mr. Johnson笑道：「好東西！」

Mr. Johnson聽了笑起來，魯堅接過火槍燒起了雪茄後，跟着吞雲吐霧起來，享受那輕煙在口腔內縈繞的香氣。

「別人說你厲害，我還在懷疑。看你把一件廢物循環利用，發揮到極致，我是真心服了！」Mr. Johnson 想起剛才的情景，還是不自禁的發笑：「你有沒有看見，那一幕可真是整晚最有看頭的焦點！」

魯堅一邊聽着，一邊以微笑遮掩他那深不見底的思緒，順着話題道：「你看見我的價值了吧！你以為搞環保的很容易嗎？」

Mr. Johnson 聽他的自嘲，笑得更開心：「你雖然討人厭，辦事卻特別細心。」

「這場拳賽已經證明了，我是最佳的管理層人選。King Boxing 本身不值錢，它最有價值的地方，就是我！讓我管理你旗下的所有拳手和拳會，你絕對可以放心。」

「這麼多年，你還是改不掉貪得無厭的性格。」

「貪是一種動力，貪念，令我在日本時，捧紅了日本拳王赤川和；也令我在韓國時，捧出了一個李宰英。」

「可你當年也不是給李宰英現在的經理人算計了嗎？」

「我不是好好的在香港東山再起了嗎？」魯堅笑道。

「對……廢物利用你是經驗十足。我也想看看，你如何利用李承東和歐陽駿這兩件廢物，將環保事業發揚光大。」Mr. Johnson也跟着笑道。

魯堅是老奸巨猾，可Mr. Johnson混跡江湖也非善類，他越是堆滿笑容，越是猜不透他到底在想什麼。

「看着吧，他們只是我棋盤上的棋，我要他走到哪，他就走到哪。不過……」魯堅露出自信又奸險的笑臉：「現在這環保項目由一個變兩個，我想這回報也該翻一倍才對。」

這小小的空間裡，二人的雪茄煙霧輕飄，香氣滿溢，Mr. Johnson 一副輕鬆愉快的嘴臉，把話都埋藏在這迷魂陣裡，竟生出一絲詭異感。

「你真的很令人討厭。」Mr. Johnson 彈掉身上的雪茄灰，從容地道：「我是個生意人，不值錢的事，我一毫子也不會投資進去；不過，只要你有本事，你敢開口要多少，我就給多少。能拿多少，就看你的表現吧。」

「我值多少，就拿你多少，不會多要你的。」魯堅也是個好勝的。

Mr. Johnson 聽了，還是只有同一副笑臉。

「合約的事，你跟我秘書約個時間吧。」Mr. Johnson 笑着呼出一個煙圈，就把還未抽完的雪茄隨手扔給助手，跟魯堅分別離去。

魯堅看着他遠去的身影，彷彿看見自己重登高峰的道路出口般。這一次，他再也不能敗給任何人了！

***

另一邊廂，秀賢小心翼翼地扶着歐陽駿上船回港去。

剛才會場內的噓聲和笑聲，還在歐陽駿的腦海裡盤旋。他心情不好，秀賢也不敢惹他，二人並排而坐，倒像陌生人般保持距離。

歐陽駿一覺醒來，恍如隔世。半年前，他還是個七連勝紀錄的傳奇，前途一片光明，可是在黑市比賽中被獵豹一拳打沉了，也打醒了，可是他還未能適應這個如夢似幻又殘酷的現實世界。

他才醒來幾個小時，已經嘗到了世態炎涼；可是不管這世界多冰冷，他還是能夠從秀賢那裡感受到溫暖。他雖然心情不好，還在不斷地偷瞄着秀賢，想找機會說話。

秀賢坐在四平八穩的大船上，看着海面的波濤洶湧，這簡直是她現在心情的寫照。可能是浪花也不忍二人的沉默吧，故意翻了一波小浪，秀賢也有意無意的隨着船艙顛簸而側向了歐陽駿，碰到了他的肩膀。

歐陽駿看秀賢好像要跌倒似的，即時伸出手來扶着她的肩。二人四目對望，秀賢臉紅耳熱到不行，歐陽駿看着她，竟也成了啞巴一樣，聲音卡在喉嚨裡發不出來。

秀賢羞得無法說話了，只微微點頭示意感謝；歐陽駿也點頭代表不客氣。二人坐好之後，又再次陷入僵局。

「你才剛醒來，先安心養病，一切都慢慢適應吧。」秀賢嘗試鼓勵他。

「謝謝妳。」歐陽駿壓低了聲線，聽着似是有點緊張。

「小事。」秀賢也靦腆地笑着回應。

「不，這當然是要謝謝妳的，」歐陽駿越說越亂，最後冷靜下來，重新組織句子道：「我想說的是……這半年，謝謝妳。」

秀賢冷不防這一句話，腦袋彷彿被空襲了一般，「砰」一聲炸得心跳都加快了好幾拍。

「謝謝妳照顧街霸，還有我。」

「你……都聽到？」秀賢的臉皮下早已血脈沸騰。

歐陽駿輕輕點點頭，他記得秀賢在他耳邊唱歌，陪他說話，還替他擦身！從前二人都只限於店內說說話，彷彿中間永遠隔着一幅牆，沒想到反而自己昏迷的時候，他才能成功打開秀賢的心扉，了解到她最真實的一面。

秀賢當然也沒有忘掉這半年來自己如何悉心照顧他，因此這刻更是害羞得恨不得跳海逃跑。

「其實……我只是……」秀賢很想解釋，卻不知如何解釋。

「妳好像說過，如果我醒來，我們就去看電影，吃晚飯，是嗎？」

秀賢很想辯稱自己只是隨口說說而已，但其實她根本就想跟歐陽駿一起，她不想推開眼前的機會，卻又不願親口承認，只得含羞答答地垂着頭不語。

「那……妳什麼時候有空……」

這……！他是要約我嗎？

牽手擁抱、歐陽駿的告白，這些場景光是幻想已教她受不了。

「NO！」秀賢原想叫停自己腦袋裡的髒思想，誰知這話竟衝口而出。

歐陽駿對她的回應大感意外，不知如何反應。

秀賢回個神來，才看見歐陽駿一臉疑惑的樣子，登時感到十分難為情。

「不，我不是那個意思……」秀賢自知出狀況了，連忙解釋：「我是說……還是等你出院再約吧。」

秀賢一臉害羞，雙眼都不敢望向他了。

歐陽駿看着這樣害羞的她，自己也禁不住臉紅起來。

這兩個人就靜靜地沒再說過一句話，卻聽到彼此洶湧的心跳。

走近

CLOSE TO YOU

ROUND 2

第二回合

歐陽駿去一趟澳門，回到醫院已經花光力氣，不得不乖乖躺着聽醫生吩咐。醫生說幸虧這半年來他的朋友輪流天天來給他按摩拉筋，才不致於肌肉萎縮得太厲害。要是好好地做復康，一段日子後也能好好走路的。

可是歐陽駿不止是想好好走路而已，他要重新走上擂台，證明自己不是廢柴。除了每天物理治療之外，他還給自己加操了不少項目，有水樽就拿來當啞鈴，有椅子就用來拉筋，這樣吃吃喝喝練操睡覺的時光裡，他除了盼望出院外，也期待秀賢的探望。

探病時間從五點開始，他不時看一下牆上的鐘，找事忙着打發時間。他想跟秀賢發短訊，拿着電話想了好久，還是不知道要寫什麼。

他並非完全沒有戀愛經驗，只是從前的戀愛都很短暫，而且都是女生主動的多，對於怎樣追求別人，他真的不懂。

好不容易盼到五時的來臨，病房開始熱鬧起來，他坐在床上拎着水樽操練，也不忘偷空瞄一下門口，看見有人進房就望一下是不是秀賢，每次都失望而回。

然後，他千盼萬盼，終於盼來了一個……李承東。

「你捨得醒了？」隔了半年，李承東第一句跟歐陽駿說的話，竟是揶揄他。

「我還以為到你被打到躺半年醫院。」歐陽駿這也是一句慰問，畢竟李承東也因 Aflerdo 一戰，被迫躺了幾天醫院，這剛下床就來探他了，其實歐陽駿還是很感激。

「你早點醒來自己出賽，還用得着我？」

「這個……對不起。」歐陽駿隨後又補上了誠懇的道歉。

李承東看見歐陽駿手上拿着水樽，大約也猜出他的心思，不禁嘆氣道：

「就知道你坐不住！你想要操練，也該等身體康復好才開始吧！」

「我不想再等。」歐陽駿一臉認真道。

沒多久，秀賢來到歐陽駿的病房外，看見他的病床四周都拉上了簾，怕是歐陽駿在做檢查，便不好意思走進去，就站在房門前等着。

剛好到了派藥時間，護士推着藥車來到歐陽駿的床前，看見這圍着的簾子，便喊道：「歐陽駿，該吃藥了！」

奇怪，裡面也沒反應。

護士哪有空在等，乾脆拉開簾子，竟看見李承東湊近躺在床上的歐陽駿身前，二人雙手還纏在一起，狀甚曖昧。他倆見簾子打開，護士吃驚地看着自己，也不禁尷尬起來，連忙分開了。

「你們在幹嘛！」護士嚇了一跳。

「別誤會！」李承東連忙解釋。

「他倆兄弟玩玩而已……」秀賢看到這一切，連忙進去幫忙打圓場。

「練拳！是練拳！」歐陽駿也接着解釋，臉都紅了。

「真是亂來！你再這樣就別想出院了！」護士放下藥丸，扭頭便走。

兩人見護士走開了，才放鬆下來。

「你們也真是！萬一弄傷了怎辦？」秀賢不禁嘀咕兩句。

「我的手沒事，坐着練拳也不要緊的。」歐陽駿見秀賢一臉擔心的樣子，也盡力安撫。

「先吃藥吧，我還熬了湯呢……」秀賢心裡有很多話想要關心歐陽駿，卻不敢說太多，怕尷尬，又怕被嫌囉嗦。

「辛苦妳了。」歐陽駿看見那熱氣升騰，香氣四溢的愛心湯水，一臉幸福模樣。秀賢見狀，自然也是喜在心頭，嘴角含春地笑着。

「我……還是先走了，你好好喝湯吧。」李承東受不了二人的眉來眼去，頭也不回地走了。

剩下這兩個人，又是面紅耳熱，不敢再談話。

之前歐陽駿昏迷的時候，秀賢跟他每天有數不完的事可以說；現在他醒了，二人四目交投一下，竟是什麼話都說不出口。

「我……走了。」秀賢呆坐了差不多半小時，才鼓起勇氣說走。

「嗯……」歐陽駿點點頭，顯得有點尷尬似的。

秀賢見歐陽駿沒留住她，不禁有點失落，只好收拾東西準備離開。

「妳……明天還來嗎？」歐陽駿終於開口。

「嗯……」秀賢也點點頭。

「明天見。」歐陽駿更用力的點頭，笑着說。

秀賢又再次臉紅得頭腦發熱，立即轉身就走。

他倆這樣子的相處方式，叫秀賢整天也懸着一顆心，不知歐陽駿對自己到底是怎樣想的，總不好直接去問他吧？說歐陽駿對她沒意思，也不像啊！現在歐陽駿每天也在進步，跟她聊得越來越多，最後總會跟她說明天見。

秀賢每次見了歐陽駿，心中既是甜蜜，又是苦惱。唉，什麼時候我們才能更進一步？

「我明天出院了。」

這天歐陽駿一見秀賢，就給她帶來好消息。

「太好了！」秀賢終於可以鬆一口氣，旋即想起了自己說過，出院後約會的事，忽然靦腆起來。

「妳能不能……陪我出院？」歐陽駿想了一想，又覺得這樣不太好：「還是不好了，這些天妳都辛苦了，出院手續多，還是叫阿東來吧。」

「不辛苦啊。」秀賢立馬回應。

「傻瓜。」歐陽駿的內心莫名感動。

秀賢聽到歐陽駿喚她一聲傻瓜，又一次漲紅了臉。

歐陽駿本想提前辦好出院手續，等秀賢來到一起坐的士回去，不用她累着。誰知秀賢一早就來了，手腳麻利地替他處理好所有瑣事，還拿着他的背包，一個瀟灑的模樣往大門走。

沒想到啊，這嬌小的身軀藏着一股強大的幹勁。

「還是我自己來吧。」歐陽駿還是頭一回要女人替他拿東西，十分不好意思。

「平時搬狗糧都比這個重，不要緊。」秀賢嘴角揚起一絲得意的笑臉。戀愛中的女人，連替人做苦力跑腿都覺得是美事。

歐陽駿又不是殘廢了，自然不肯讓女人拿東西，大手一抓，就把秀賢提着的包拿來背上，秀賢見狀也不爭了，只好默默地跟在後頭一起走。

由病房大門走到醫院大門的這段路，既近又遠。秀賢一直走在歐陽駿身旁，故意垂着手，靜待二人的手碰上的一刻，更期待碰上之後，歐陽駿會牽起她的手。

可是歐陽駿沒有。他就這樣直接走出去找的士。

坐上了車，二人中間好像隔了一個大西洋。

秀賢漸漸感到有點沮喪了，怕這一切不過是自作多情而已，歐陽駿問她有沒有空，不是拍拖的意思，反正他從沒有表示過喜歡自己，說不定只是因為她付出太多，人家不好意思立即拒絕吧？

秀賢立定主意，就送他回到家便算了。

歐陽駿躺在醫院半年，大門密碼都換了幾次，要是沒有秀賢在，他恐怕要花點時間才能回家。他住的大廈很舊了，這些日子都在翻新，連信箱的位置都變了。半年，原來可以把所有事情變得陌生。

當他到達自己家門前的時候，隔着門的一陣汪汪狂叫聲，倒是十分熟悉。

歐陽駿一打開家門，街霸就猛搖着尾巴，興高采烈地撲進主人懷裡，嗚嗚地又是撒嬌又是哀號。

「街霸！」歐陽駿開心地抱緊街霸，聞到牠身上的清香，摸到牠順滑的毛髮，還有那壯壯的小屁股，便知道這段日子牠過得很好。

「這個……」秀賢掏出李承東交給她的後備門匙：「還給你，我走了。」

歐陽駿看着那門匙被秀賢放在大門側的櫃子上，聽到它發出清脆的碰撞聲，彷彿碰撞着他的心似的，叫他鼓起了勇氣，起來一個箭步上前，拉住了秀賢的手。

「妳以後也用得上，留着吧。」

他牽了我的手！

秀賢心裡歡呼着，嘴角藏不住那輕柔的笑意，害羞地垂着頭，由得歐陽駿牽着自己的手，走進了他的家，關上了門。

＊＊＊

一輛白色的凌治緩緩地停在佐敦某舊樓的樓下，副駕駛位的車門緩緩打開，一雙穿着熱褲的長腿率先叫人目不轉睛，再來那小背心一彎身下車時，雪白豐滿的胸線更惹人注目，火辣的莊曦琳不但身材驕人，五官更是十分精緻，一頭秀髮如瀑布傾瀉，一副明星出場的氣派，跟這舊區格格不入。

她踩着價值幾千元的高跟鞋，挽着幾萬元的名牌手袋走進了這舊樓，直接上了二樓的「尚武拳擊會」，推門而進，四周瀰漫着一股濃重的藥油味和臭汗味，耳邊傳來的都是擊打和嘶喊聲，她卻眉頭也不皺一下，徑自找了一角坐下。

她面前有一群女學員，個個都青春少艾，步伐齊整地跟着助教李承東的指示，踏前出拳。

「妳這樣腰使不出勁的。」李承東對着一個身材玲瓏有致的女學員，準備糾正她的步姿時，忽然身後傳來陣陣刻意的咳嗽聲。

李承東往後一看，見曦琳正掩着嘴巴，怒眼盯緊着他，他便轉過頭，默默從腰間拿起了尺子代替雙手，保持距離地教學。

其他女學員見了，無不忍着笑意，弄得李承東十分尷尬。

「不是叫妳別來嗎？」

下課後，李承東才找曦琳算帳。

「我大老遠從英國回來了，你也不來接機！」曦琳反倒責怪他起來：「我去唸書這兩年，還不知你到底有沒有掛念過我！」

「沒有。」

「沒有？那我走了！」曦琳聽了這話，更是生氣。

「妳愛走就走。」李承東還是一樣的淡然。

曦琳氣得跺腳，扭頭就走，那右腳才邁了一步，馬上又轉回來盯着李承東。

「怎麼？不走了？」

「你想趕我走？我偏不走，我就纏你一生一世當做報復！」曦琳一臉甜絲絲的挽着李承東的手臂，說的話卻特別可怕。

李承東沒好氣，一手就把自己的風衣扔到她手裡，冷冷道：「穿上它！看着都冷死了！」

曦琳樂滋滋的把風衣穿上，緊緊地貼着李承東撒嬌。

正當曦琳想問他去哪裡吃飯的時候，歐陽駿竟造訪拳館，李承東看見自己的兄弟，臉色緩和了不少。

「你怎麼這個時候上來？」李承東立即上前問。

「阿駿，你康復了！」曦琳見到歐陽駿，像是見了老朋友般，親切地慰問。

「曦琳？」歐陽駿許久沒見她，有點驚訝：「我還以為你們分手了……」

「我只是為了應付我爸，才去英國弄了個學位而已……」曦琳接着板起臉，橫着眉眼道：「他敢分手，我就拿刀劈死他，你有什麼話趕緊說了，怕他以後聽不到。」

「妳上回不是說，要是分手了，妳就化成厲鬼纏我嗎？」李承東反問。

「我想過了，還是你死的好，我爸的公關公司還等着我打理呢！」

歐陽駿看着這二人耍花槍，根本插不上話，慌得額上都滴冷汗。

「我想說……」歐陽駿看這勢頭，再不發話就會變透明了，就舉起手來低聲道。

「啊！你說？」李承東這才記起歐陽駿的存在。

「……我想復操。」歐陽駿也不轉彎抹角。

「你才剛好，想怎樣操練？去哪裡操練啊？」曦琳插話問。

「哪裡都可以，只要不在King Boxing就行。」

「這個簡單，這裡就行。」

李承東不假思索的一句話，原來拳館的人都豎起耳朵聽着，知道歐陽駿要在尚武練拳，不禁竊竊私語起來。

「好像這拳館都是李承東說了算一樣……真大口氣。」其中有些教練心有不甘，說話像不怕被聽見似的，嘀咕起來。

「你說什麼？」李承東不會裝聾避事，既然對方故意讓他聽到，自然是要隆重溝通一下了。

「我是說……」那教練也不怕事，走過來向歐陽駿說：「你要操練就去別處吧！別拖累尚武的名聲，以為我們都是打黑市拳的，把我的學生嚇跑了，誰來賠償我的損失？」

歐陽駿聽到「黑市拳」這三個字，彷彿就是緊箍咒一樣，一唸出來他就只得束手就擒，被勒死了也不能出聲。

「哈，」李承東忽然冷笑一聲：「你有什麼學生？就那兩三個街友？」

「阿東，一場同事還是別把話說得太過份。你的好兄弟操練緊要，我們這些養家餬口的不緊要了？」那教練的學生都在，他也忍着氣講道理。

這兩個人劍拔弩張，卻不作聲不出手，彷彿電影裡的武林大師用眼神比武似的，僵持了好幾秒。

「阿東，不好意思，我還是先走了，打擾大家了。」歐陽駿不想李承東為難，拋下這句話就離開了。

大家見歐陽駿走了，紛紛散去，卻還是不忘加張嘴取笑他「不自量力」、「自討沒趣」，但再難聽的話，都顧忌着李承東在，只敢耳語。

歐陽駿在街上獨自跑步，想把自己的難過和不快，用汗水快快排走，可是他體力還未完全恢復，跑了沒多久，雙腿就酸軟了，只得在公園裡休息。

晚飯後的時間，兒童公園一般都沒人了，反正練拳只需要一雙手和一個開揚的地方，在哪裡練習都一樣，如此一想，歐陽駿覺得這裡也挺適合，就開始試試自個兒練起拳來。

歐陽駿也不知自己練了多久，總之他不斷的揮拳，直到揮不動了攤在滑梯上的時候，才看見倒轉了的李承東就在眼前。

「我餓了，吃飯。」李承東只說了這幾個字，二人就去了燒臘店坐下。

這不是一般的燒臘店，是他們兩兄弟從小到大的「飯堂」。老闆看着他們長大，熟絡得不用點餐，只要坐下來，侍應就知道捧餐出來。新年的時候，老闆還會給他們封紅包呢！

「你怎樣找到我的？」歐陽駿邊吃邊問。

「你能去哪？我一路找過來就找到你了。」李承東接着感慨地道：「你也用不着在公園練拳的。」

「你那拳館容不下我，我看我就在剛才的公園練拳好了。」歐陽駿倒是想得開，覺得沒什麼。

「不過……你這樣練拳，不會進步的。」

「那我又可以如何？」

「我陪你練就不一樣了。」李承東笑道。

「你？你陪我在公園練？」歐陽駿也跟着笑起來。

「誰叫我的拳館容不下你？」

歐陽駿笑着攪動手上那杯冰檸檬茶的檸檬片，忽然笑容又變成了沉思。

「你還信我能打？」歐陽駿有時也不禁懷疑自己。

「我信。」李承東十分堅定：「我信那個跟我約定在最高點相遇的歐陽駿！」

本來被一沉百踩得洩了氣的歐陽駿，一下子就重新注滿了力量。

就這樣，歐陽駿總算在公園安頓下來。他的身體康復進度很好，已經急不及待地開始體能訓練，每天上午帶着街霸跑街，下午去健身，晚上等着李承東下班，一起去燒臘店吃個晚飯，再去公園練拳。

現在歐陽駿每次跑步經過秀賢的寵物店時，已經不再是「別人的店」，而是「女友的店」。街霸也彷彿發現到這一點，跑累了便趴在店門前不願動，等着誰打開門讓牠溜進去休息。

「這小子越來越懶。」歐陽駿對街霸罵道。

「說不定牠是愛黏着我而已。」秀賢自豪地道。

「物似主人形吧。」歐陽駿笑着說。

即使是眾目睽睽之下，他們也能毫不在意地放閃了。戀愛會改變一個人，秀賢也因為跟了歐陽駿而改變。秀賢本來是文青風格，現在慢慢變成了運動風，歐陽駿酷愛Adidas，每次逛街都只進這間店，一逛便是滿載而歸，他對秀賢也是毫不吝嗇，自己買了新衣，也給秀賢買同款的，二人老是情侶裝上陣，彷彿成了Adidas代言人一樣。

秀賢也頗享受自己這種改變，起碼這樣是歐陽駿對她用心的證明啊！哪裡能不享受？

歐陽駿愛吃什麼，秀賢便學着煮；歐陽駿愛跑步，秀賢也會陪跑；歐陽駿喜歡打電玩，秀賢也試着玩。

歐陽駿在哪，秀賢便在哪。歐陽駿這三個字，成了秀賢的全世界。

重新

RENEW

ROUND 3

第三回合

「回家了！」

兒童公園內，幾個小孩還在玩得不亦樂乎，對父母的呼喚聲充耳不聞。家長們眼看天都快黑了，開始「麻鷹捉雞仔」般把孩子抓回去，其中兩個媽媽四處找人卻找不着，焦急地仔細搜索。

原來那兩個「失蹤」兒童，正看着歐陽駿自個兒在揮拳。

他們似乎對拳擊很感興趣，一邊看一邊模仿他的動作，最後還玩起對打來！歐陽駿表面上一直沒理會他們，可是其實暗暗留神，不敢做太劇烈的動作，怕他們跟着模仿弄傷自己。

他們的媽媽終於找到這邊來，一看到孩子們在「打架」，連忙上前阻止。

「你們幹嘛打架！」媽媽怒問。

「我們玩玩而已。」

「媽媽，我想學拳！」

孩子天真爛漫的一句話，卻使兩位媽媽深受刺激，大吃一驚，順帶用嫌棄的目光掃視了歐陽駿一下，一邊拉着孩子走，一邊刁難說：「你們別學這些壞人，打架會坐牢的！」

「對！這公園真是越來越雜亂！教壞孩子了！」另一個媽媽也投訴道。

歐陽駿管不着她們的嘴巴，反正孩子被拉走，他也樂得清靜。看着那兩個孩子，真有點像當年的他與李承東，機緣巧合之下遇上了拳擊運動，從而燃起心中的鬥志，決心要一起登上高峰。

孩子們才剛走，迎面就碰上李承東來到，兩位媽媽見他走近歐陽駿，自然也用鄙視的眼光看待他。

「怎麼啦？」李承東不明所以的問歐陽駿。

歐陽駿只是笑着聳聳肩，李承東再看看那兩個孩子的背影，有些感慨：「我們好像也是這種年紀學拳的。」

「幸好我們出生得早，否則就算想學也忙得沒時間學。」

兩個大男孩笑了笑，就開始他們的正經事。

「來，刺拳。」李承東雙手戴上護具，叫歐陽駿攻擊過來。

歐陽駿打了兩下刺拳，再兩下，繼續打，越打越是皺眉，感覺好像有點不對勁。

「別想其他的，就當自己重新學拳就好！」李承東是受打的一方，感受到歐陽駿的力量大不如前，這一躺半年的傷勢，這麼快就能重新打拳已經很不錯了。

他們就這樣練習到晚上，街燈都亮了，人煙變得稀疏。

李承東平日要在尚武上班，下了班還要去公園跟歐陽駿練習，苦了曦琳為了見男友一面，只得跟着在公園餵蚊子。

始終這裡都是兒童公園，家長瞧見他們這樣子「動武」，不由分說的跑去投訴，投訴內容更是越來越生動，驚動過保安，也驚動過警察，每次他們賠禮抱歉之後，隔一會又再開始練習。

可是，今天來要求他們停止練習的不是保安，也不是警察，而是武叔。
他們在練習中途看見武叔來了，吃了一驚，連忙停了下來。
「你怎麼來了？」李承東問。
「你們最近在社區多紅啊，不知道嗎？」武叔反問：「我就在想是怎樣的流氓，會在公園天天打架，還趕也趕不走，這才過來看的。」
「做運動而已！」歐陽駿反駁道。
「你要打拳，怎麼不好好去拳館打呢？」
這下子，兩個人都沉默不語。
「回去！」武叔喝了一聲。

二人的表情有點不知所措，只好默默地收拾東西離開。

「去哪？」武叔看他們離開，又問一句。

「先去吃飯，再回來練。」李承東直接駁了一句。

武叔心裡咒罵李承東這小子也真有膽，當着面就唱反調。

「我叫你們回去，」武叔接着道：「回尚武去。」

有武叔這句話，二人喜出望外，連忙跟着武叔回去。這時候，尚武拳館的人還在忙着上課，大門打開，眾人抽空一瞄，竟看見武叔帶着歐陽駿回來，都只能大眼瞪小眼，一片鴉雀無聲。

歐陽駿戴上了刻有「尚武」二字的拳套，站上了尚武拳館的擂台，那顆鬥心隨着奔騰的熱血騷動着。面對着眼前這個幫了他一次又一次的好兄弟李承東，歐陽駿決心這一次不能再辜負他的期望！

「上一次，我們一起在擂台上是多少年前的事了？」歐陽駿無意中想起了童年的畫面。

那時候他們仍然掛着一張稚嫩的臉，還一齊偷偷試穿「拳王」的拳套！當年不知世途險惡，一心追逐拳手夢的兩個男孩，如今經歷過人生的高低後，才知道上一趟擂台是多麼的不容易。

「忘了。」李承東平淡地道。

「那麼，我們好好記住這一次吧！」歐陽駿抖擻精神，準備開始練習。

現在歐陽駿沒有教練，什麼也只能靠自己。他天天早上去跑步至少十公里，下午就去健身，緊接着兩小時的拳擊練習，在李承東的幫助下，歐陽駿逐步重新爬上拳手的資格。

「武叔，我想從這裡，以全職拳手的身份出賽。」歐陽駿自覺進步了不少，就想盡快復出。

「我們這小小拳館，哪有錢捧個全職拳手？」武叔聽了歐陽駿的請求，不禁吃了一驚。

「錢這方面不用擔心，我之前的獎金和儲蓄也夠支撐一段時間，不費你一毫。」歐陽駿態度誠懇地道。

「你也看見這裡都是給大家上個興趣班而已，既沒有合資格的教練，又沒有捧拳手的經驗，不如你考慮別處吧？」武叔還是婉拒。

「你也看見，這些興趣班收生情況越來越差，要是沒有全職金牌拳手坐鎮，你覺得自己能捱多久？」李承東給歐陽駿助攻。

這句話說到武叔心坎處。他又何嘗不知道要發展下去，還得要有個生招牌的道理？可是前路困難重重，他真的沒有太大把握。

「你不是不知道吧？這職業拳手的教練，要是亞太區拳擊總會認可的會員才行。」武叔沉思了一會後，又拋出難題，不過這次態度軟化了不少。

「沒錯！這裡簽名就是。」李承東不知從哪裡拿出了申請表，直接塞到武叔手上。

武叔一看表格，連資料都填好了，歐陽駿還遞上了筆，就等着他簽名而已。

「你們兩個這是在挖坑給我。」

「不會的！這一次我會做好一個真正的拳手！」歐陽駿透露出無比堅定的眼神。

「唉……這……」武叔猶豫了。

「行了，往後的事，我會想辦法。」李承東截住了武叔的左搖右擺，直指着申請表簽名一欄，認真道：「簽吧。」

武叔看一看歐陽駿，深深地嘆了一口氣，好不容易提起了筆，簽了名。李承東與歐陽駿見事成了，也鬆了一口氣，臉上盡是勝利的笑容。

武叔取得會員資格後，就成了歐陽駿正式的教練，歐陽駿也可以代表尚武出賽。

為了盡快復出，歐陽駿不斷挑戰自己的極限，由早上一直練上至少七、八小時才肯停下來。秀賢如果想見他，就只得親自跑到拳館，可是每次看到操練得如此辛苦的歐陽駿，操完只是吃茶餐廳或是隨便吃點三文治，她就決定秀秀廚藝，隔天就給他送上愛心餐。

「我今天給你熬了花膠雞腳湯，補補腳力。」秀賢趁着歐陽駿小休時，才能跑上去遞湯水。

「妳別辛苦了……」歐陽駿看着這湯上浮着一層油，的確很滋補，也很胖啊！

「你太辛苦了，多喝點！」秀賢一臉幸福的模樣，更叫歐陽駿不敢推辭，只好一口氣喝掉。

秀賢看他把自己親手熬的湯都喝光，露出一副十分滿意的表情。歐陽駿覺得，這表情也是好看極了，心裡想，就這些湯應該不要緊吧，女友高興就好。

經過連月的辛苦操練，歐陽駿已回復了不少水平。

「你現在的狀態也適合舉辦館內賽了。」李承東看着正把沙包打得起勁的歐陽駿說道。

歐陽駿聞言，不禁一喜：「我可以申請跟Aflerdo對戰了沒？」

「耐心點，你還未有新的數據來說服他們接受你的挑戰。」

聽到這話，歐陽駿更明瞭接下來的館內賽是許勝不許敗，要拿出最好的成績令Aflerdo驚艷，讓他們知道歐陽駿也是個有實力的拳手！想到這裡，歐陽駿的出拳越來越狠。

館內賽，就是邀請其他拳館合資格的拳手來切磋，只要對手在四大拳擊組織有排名，就都是互相較勁爭取最好比賽成績的選手。

歐陽駿醒來後只有匆匆幾個月時間備戰，這第一場的館內賽，李承東特意安排他與一名新人謝家樂對戰，試試水溫。歐陽駿雖說是有主場之利，可是拳館的人都不太搭理他，真正會為他拍掌的人，恐怕只有武叔、李承東和秀賢而已。

「這對手的四肢比你長，進攻時比較有利，你要盡量多用近距離攻擊。」李承東在歐陽駿出場前跟他分析道。

此時的歐陽駿，腦袋裡不斷重溫對手的資料，知道他擅長打快攻，會跟對手保持距離以作防守⋯⋯

不行啊！要冷靜下來。

歐陽駿才上擂台，呼吸已經開始急促了。對其他人來說，這可能是場不太要緊的比賽，可是對歐陽駿來說，這就是一場正式的比賽。他要讓所有人知道，用不着魯堅，他也能憑自己的實力去挑戰Aflerdo！

相比起腰帶賽的十二個回合，這些館內賽一般都是六至八個回合就完了。歐陽駿大病初癒，身體還未完全回復，他必須爭取盡快KO對手，減少自己的體力負擔。他不能再緊張了，就把這比賽當作練習吧！

拳證的手向下一劃，示意比賽開始，兩位拳手開始跳起自己的節奏，找機會出拳！謝家樂率先連續打出幾下刺拳，試試歐陽駿的反應，歐陽駿沒有往後退避，因為他不能退！退了便會讓出身位，給對手鑽空子抽上一直拳，到時就難打了！

頭三個回合裡，歐陽駿都是防守為主，雖少不免臉上吃了幾拳，卻因為他一直跟對手貼得近，對手無法全力攻擊；他也試過突襲，卻總是不夠快被攔下來，誰也沒得到好處，可是進攻方的體力消耗肯定比較大，因此在接下來的回合裡，謝家樂也開始打急了，這正是歐陽駿發力的好時機！

謝家樂只顧着進攻，忽然被歐陽駿鑽到位子突襲，身上吃了好幾拳！他身形較高瘦，四肢長是一種優勢，可是歐陽駿正好能打到他的腰間，這些位置一旦中拳，那痛苦的程度比打臉更甚。

謝家樂被打得臉部表情扭曲，連想捂住痛處的時間也沒有，歐陽駿就發足了狠勁，追着他來補拳，謝家樂只有防守的份，可是他守得住腰身，卻守不住頭，歐陽駿一記重擊，就這樣把他直接打暈過去。

「KO！」拳證在數過十秒後，宣佈歐陽駿獲勝，台下卻只有寥寥掌聲。

相比起昔日他在King Boxing初出道時，師兄弟們如雷轟動的喝彩聲，現在這幾下掌聲就像一巴巴摑在他臉上的巴掌聲，聽着格外諷刺。

秀賢在台下堆滿笑容的給他遞上毛巾擦汗，可是他隨手接過來擦了兩下後，就一臉不愉快地回更衣室去。

「他在搞什麼鬼？」秀賢不解，不是贏了嗎？怎麼還一副臭臉？

「不被看好，的確是難受了一點。」

秀賢身後忽然有把女聲搭話，她回頭一看，見一個女生踩着厚底皮製球鞋，熱褲露腰短袖上衣的模樣，實在跟這裡格格不入，也不知她是什麼人，只看她那小巧的手袋有豆大的Channel字樣，直覺她肯定是個拜金女。

來者正是曦琳。她看着眼前的女生也覺得好奇，一臉清秀斯文的樣子，束着馬尾，纖瘦嬌小的身體穿上全黑的恤衫和運動褲，這造型跟她毫不搭配啊！

「妳就是秀賢了吧？」

「妳是……」

「我叫曦琳，阿東的女友。」

「哦！妳好！」秀賢有聽歐陽駿提起過曦琳，說是個挺任性但很有本事的千金小姐，現在仔細看真人，沒想到還挺好看的：「對了，妳說，阿駿因為沒人來才這樣嗎？」

「我看他一來是對自己表現不滿意，二來就是這裡的氣氛，跟他從前輝煌時的氣氛差太遠了吧。」曦琳淡然地分析道。

別的女生都比秀賢更明白歐陽駿，這令她羞得不知該說什麼話來回應。明明她就有見過當初意氣風發的歐陽駿，怎麼就看不出他現在的失意沮喪呢？或許是當時的秀賢其實並沒有參與過歐陽駿的生活，現在他們在一起了，秀賢只關心他倆相處的細節，卻不知道他的內心有多痛苦。

「其實，他沒跟我說過這些……」秀賢像是喃喃自語地道。

曦琳沒說什麼，就把一瓶藥油塞進秀賢手裡。

「他們的世界，女人不會懂的。要是覺得男人可惡，就在替他塗藥油的時候，使勁點！」

「我剛進來的時候，最受不了這藥油味。」秀賢苦笑道。

「是啊！那妳從現在開始要把它當成妳男人的古龍水味了。」

「妳……平常都會替他塗藥油？」

「我技術好得可以開醫館了。」曦琳笑道：「看妳不懂，教妳些小竅門。」

秀賢沒想到，曦琳看起來那麼時尚，卻毫不嫌髒也不嫌臭，手勢純熟得就像大師傅一樣。

她一直以為自己是個稱職的女友，看來，她跟稱職還差得遠了。

獨坐在更衣室的歐陽駿正滴着汗，回想着剛才的每一個細節。他感覺到自己揮出的每一拳都力不從心，自己的每一下彈跳都不夠順暢，明明剛才就有很多漏洞可以打，他就是打不出水準，四肢的感覺好像還未完全回來一樣！換上是從前的他，這謝家樂應該在第二回合便KO掉。

李承東緩緩地走進更衣室，倚在儲物櫃旁，看着沉默的歐陽駿，跟着沉默起來。

「現在的我，如何打得過Aflerdo？」歐陽駿一臉沮喪：「我已經二十三歲了，還有幾多年可以浪費？」

「你要克服的不是技術和能力，是壓力。」

李承東一語道破歐陽駿的困難所在。

「你沒有時間去想自己能不能打得過誰，先好好準備兩星期後的另一場館內賽吧。」李承東沒再說什麼安慰或鼓勵的話，就這樣說完就走。

也許，兩兄弟之間，什麼話都是盡在不言中吧。

在接二連三的館內賽中，歐陽駿的成績越來越好。萬事俱備，他現在只需要一場正式的復出賽，好讓他有更佳的出賽成績，正式向Aflerdo的經理人公司提出對戰要求。

這復出賽不比館內賽簡單，它自然是越高調越隆重越好。李承東千挑萬選，給歐陽駿的復出賽選了一位實力強勁的對手——香港的前拳王郭子偉。這出場費、場地費和其他雜費加起來，足夠讓武叔頭痛欲裂。

「這太難了吧？哪裡來經費？誰找贊助？誰負責統籌？」武叔皺起眉頭，連珠發炮地問。

「曦琳會幫忙。」李承東淡然道。

「幸好她不是我女兒，不然你這樣把人呼來喚去，我一定打死你。」武叔把他們的相處都看在眼裡，為曦琳感不值。

「誰打死誰還不知道呢。」李承東難得幽他一默，武叔給他翻了個白眼。

歐陽駿得知自己的復出賽要對戰前香港拳王，略感不安。雖然郭子偉的世界排名不高，可是他對自己的康復情況還是不太有信心。

「我這狀態能打贏他嗎？」歐陽駿跟李承東練了一整天的對戰技巧，漸漸覺得力有不逮。

「論拳頭的力度，你或許不夠打；可是論靈活度，對付他卻是綽綽有餘。」李承東這口吻，倒有幾分像魯堅。

李承東擦了擦汗，再次戴上拳套：「來，我模仿他的方式跟你打一次。」

＊＊＊

接下來的日子，秀賢總是在關店之後，跑到拳館等歐陽駿練習完畢，一起吃飯。

歐陽駿個性內向，不懂浪漫，也很粗心大意，可是秀賢還是感覺到他很緊張自己。拳館的空調冷，男人們練拳大汗淋漓倒不覺得什麼，但她乾坐呆等時就冷得要命，不小心冷病了，此後歐陽駿特意給她備了一件外套在拳館專用。

他要保持體重，不能吃太多，秀賢就想方設法把那些淡而無味的雞胸肉弄得好吃點，歐陽駿每次都十分捧場地吃完，還露出一副滿足的笑容，看着他的大男孩模樣，秀賢已經感到無比窩心。他們的相處很簡單，秀賢的要求也不多，這樣平平淡淡的，她已經覺得很滿足，很珍惜。

她知道這場比賽對歐陽駿很重要，她願意等，等哪一天歐陽駿有空時，二人可以去放個假，散散心。

經過這些日子的特訓，歐陽駿的狀態回復了不少，可是要應付郭子偉還是有很多未知之數，因此李承東也特別用心良苦，給歐陽駿看了不少郭子偉近日比賽的片段，分析對手的攻勢。

「郭子偉是個力量型拳手，喜歡速戰速決，出拳又快又狠，專門對準氣門和肋骨等弱點位置打下去，你必須避開……」李承東滔滔不絕地說着，可是歐陽駿卻是無比沉默。

李承東也留意到歐陽駿的沉默，知道他的擔憂。

「你已經練得很好，我對你有信心！」

歐陽駿默默地聽着李承東這話，在腦海不斷提醒自己，不能輸！

這天，歐陽駿對郭子偉的比賽在伊利沙伯體育館舉行，歐陽駿早早到了場，在休息室裡準備，秀賢不便打擾他，便乖乖的在觀眾席坐着。聽說，公開售票的票況不算理想，沒有全場滿座，可是該來的傳媒都來了，這還要多虧了曦琳的幫忙，她親自下場去招呼贊助商，踩着那高跟鞋堆着笑容滿場飛，看得秀賢大感欽佩，果然，有個有錢的老爸就是贏在起跑線啊！

沒多久，曦琳帶着幾個性感的青春少艾走過來，指示她們坐到秀賢身邊，秀賢一瞧，曦琳剛才的高跟鞋換成了平底鞋。

「妳沒事吧？」秀賢看着她的鞋子，關心地問。

「沒事，阿東叫我換鞋，怕我又長水泡要他幫手挑吧！」

曦琳這話聽着是冷嘲熱諷，其實心裡甜得很，誰不想男友多關心自己，留意自己？李承東縱然個性像根木頭，可是他還是一根知冷知熱的木頭啊！

從前秀賢愛追劇，愛上劇中那些貼心大暖男、寵妻狂魔，還有一面冷待妳卻又一面關心妳的壞男人，可是現實總是令人失望，那些男人只要能分出少許心神來看妳一眼，留意到妳欠了胳膊少了腿的，已經要感恩了。

所以，退後一萬步來說，李承東也算是個好男友；而她的歐陽駿，是一個有發展空間的更好男友！

那些青春少艾坐下之後，不少男士的目光焦點都轉了過來，熱熾地往她們胸前的事業線和短裙下的白滑長腿盯緊着。

「一人一個，待會打氣大聲點！」曦琳讓人派了「歐陽駿」的牌子，還特別吩咐那些少女：「牌子要放到胸前低一點，讓傳媒多拍照。」

「誒，這是歐陽駿的女友嗎？真大方！」

「沒實力就是要靠女人。」旁邊的男觀眾大飽眼福，還不忘毒舌兩句。

秀賢聽了雖然十分生氣，卻也不能跳起來潑婦罵街。他們幾個大男人，秀賢打又打不過，一人一句已夠她無法反擊，只好把這委屈生生地吞進肚子裡。

此刻，司儀緩緩地走上了擂台，向所有觀眾打招呼。

「各位觀眾，萬眾期待的壓軸賽事即將開始！」

四面八方的群眾有歡呼，有喝倒彩，會場內一片熱鬧，卻沒掩蓋站在後台準備出場的歐陽駿的心跳聲。

他以為自己是獨自一人去面對這排山倒海的壓力，卻沒想到更沉重的壓力已有另一人為他承擔……

第四回合 ROUND 4

復出 COMEBACK

在比賽前三天，李承東接到魯堅傳來一張圖片。

本來他也不想打開，只是隔了一會，魯堅又發口訊過來說不看會後悔，他才打開一看，竟是一封要求尚武及歐陽駿賠償的律師信！

「你這是什麼意思？」李承東直接打過去問。

「這信還未寄出，你還來得及上來商量一下如何解決這件事。」魯堅無比的淡然，口吻卻像極了綁匪。

縱然李承東有千般不願意，也只得親自跑一趟。

「有話快說，我趕時間。」李承東直闖進魯堅的辦公室，冷冷地道。

「不急，先坐下。」魯堅悠閒地喝着咖啡，辦公室一角還坐着兩個西裝筆挺的男人。

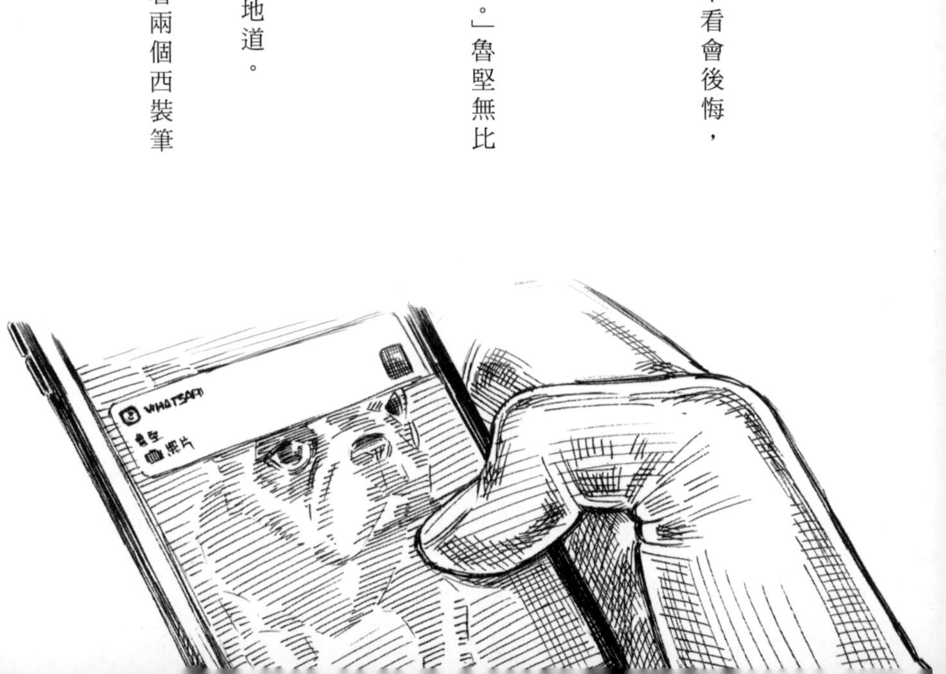

魯堅示意李承東坐下來，可李承東就是擺出一臉我愛站着的表情，絲毫不動。魯堅一笑，搖搖頭。

「你還是這樣倔。」

「你憑什麼出律師信要求阿駿和武叔賠償？」

魯堅不答話，只攤手交給那兩個男人回應。

「沒有我司的同意，歐陽駿的合約還未算完，如何代表尚武出賽？他要代表的，也只能是我們 King Boxing，如果你們堅持不停賽，那我們也只好堅持把你們告上法庭。違約金加律師費可是上百萬的數，怕你們三個一起破產也還不起。」

「還有那些已經在你們的比賽付了贊助金的贊助商，我們也有名單，一併代他們向你們追究賠款。」另一個接着補充。

其實不管停賽與否，這也是一局死棋，只要魯堅咬住不放，他們就算賠上一切也擺脫不了這件事。

「我已經代替阿駿打了比賽，你想反口？」李承東實在無法壓抑着內心的怒氣，緊握拳頭。

「我司並沒有違反合約，上一次的代賽，你只是替他免除了他失約的賠款，跟合約完全沒有關係。」西裝男又再次開腔。

「歐陽駿先生已經回復清醒，而我方從未收到過歐陽駿先生提出的解約要求，也沒有跟他簽定任何解約的文書，因此這合約還是生效的。」這兩個男的，就是魯堅公司的代表律師。

李承東不禁冷笑一下。繞這麼大的一圈，還搬出律師來兇他，要是魯堅想追究，直接交代律師寄出律師信便完了，用得着發短訊嗎？

「你明知我們在籌備比賽，這刻才發難，是故意設局吧？」

「我是想嘗試化解這次危機。」魯堅說得就像自己是來打救世人一樣：「畢竟，像你跟歐陽駿這樣的人才，真是難得，我不想浪費。」

「說吧！你的條件。」李承東淡然問。

「我要你加入King Boxing。」魯堅一直覺得李承東是個聰明人，就單刀直入地說。

李承東聽了這話，怒氣更是添了幾分，咬牙切齒，雙眼被火燒得幾乎可以燒出洞來。

「你為什麼老追着我不放！」

「因為你比歐陽駿更有潛質。」魯堅接着又問：「難道你就不想當上亞洲拳王？甚至世界拳王？你才二十三歲，還有十年的時間，我一定能把你捧上去！」

「什麼拳王，我不稀罕！我還未忘記你做過的好事！」李承東終於忍不住咆哮起來。

「你要扯上過去的事來說，我們就無法說下去了。」魯堅淡然道。

才輕輕幾句話，李承東已經完全被魯堅吃得死死的，只能深呼吸冷靜自己，才能壓下揍人的衝動。

「我不幹！」

「條件我已開了，決定權在你，受罪的人不是我。」

「你這樣的人，有什麼誠信可言？今天答應了你，明天你又變個說法苛索下去，我不會再受你威脅！」李承東幾乎是指着魯堅的鼻子來罵。

「只要你答應了，我們就會把歐陽駿先生的合約直接銷毀。」律師接着道。

「就是這樣。」魯堅拿起歐陽駿的合約，在李承東面前模擬撕掉的動作。

「這樣的話，歐陽駿先生跟我司的合約，可視作從未存在過。」另一位律師又補充道。

李承東又沉默起來。

「唉，阿東，」魯堅換上更誠懇的語氣：「以前的那件事，我的確做得不好。我是求勝心切，事情發生了之後，我也不好過。歐陽駿的事，你可以怪我操縱賽果，卻不能怪我把他弄進了醫院。這是他自己選的路，對不對？」

若不是魯堅教唆李承東，當初他的對手就不會魂斷擂台，叫他終身不安；若不是魯堅惡意操縱歐陽駿，也不致於歐陽駿自信膨脹，登高跌重。可是魯堅說的也是事實，現在追究又有何用？

「做拳手沒多少時間，別做令自己後悔的選擇。」

魯堅讓律師給李承東遞上一份初步同意書，李承東看着那一頁輕飄飄的紙，紙上飄來的每字每句，都是重重枷鎖。

＊＊＊

「接下來是香港區拳王挑戰賽，藍方體重五十五公斤，十戰八勝兩負四KO，來自香港的至尊拳王，郭──子──偉！」

賽事如期舉行，郭子偉身穿金黃色的紗袍，氣勢逼人地走向擂台。他每走一步，台側都爆出閃亮的火花；他一揮手，席上的粉絲都跟着興奮地呼叫他的名字。

歐陽駿快要出場，在這緊張的時刻，忽然身後有人在拍他的肩膀。

「盡情去打吧！」擔當助手的李承東囑咐道。

歐陽駿點了點頭，有好友的支持，心裡舒懷了不少，只是他不知道這句話的背後，有多沉重的意思。

「紅方的挑戰者體重五十五公斤，七戰七勝零負四KO，同樣來自香港的戰馬，歐—陽—駿！」

重踏擂台，恍如隔世。歐陽駿站上了伸展台，地板刺骨的冰冷從腳底涼透了他的全身，兩脇卻滲着汗水。

「歐陽駿，加油！」

秀賢大聲的喊着，可是場內盡是喝倒彩的聲音，把秀賢的喊叫淹沒掉。

經過了幾場反應冷淡的館內賽，歐陽駿已經學會把耳朵關上，專心想着打敗對手的套路招式，就這樣匆匆走過了伸展台，來到他的對手面前；秀賢期待着歐陽駿走到擂台的途中，會聽見她的打氣，看見她的支持，跟她深情地揮手示意，可是人就這麼走過了，不禁感到失望。

比賽在鈴聲中開始，雙方都謹慎地進攻試探，沒想到郭子偉忽然來一記快拳，直往歐陽駿的肋骨打過去，歐陽駿彷彿被車撞倒一般彎身倒地，坐在觀眾席的秀賢被這一拳嚇倒了，心痛得尖叫起來。

「快起來！」李承東在旁呼喊着。

歐陽駿盡快爬起站好，拳證再次揮手示意比賽繼續，說時遲那時快，郭子偉的直拳已經衝往歐陽駿的胸口！歐陽駿連忙後退一步，郭子偉立刻用另一隻手向他補上一個勾拳，打中了他的另一邊肋骨！

才短短一分多鐘，歐陽駿就連吃了兩個重拳，這個回合處於捱打狀態，只顧得上躲避。

秀賢連聲吶喊加油，可是她每次看到歐陽駿被擊中後痛苦的表情，就倒抽一口涼氣，不忍再看下去。

好不容易又捱了幾個回合，歐陽駿在休息時間喘着氣回到繩角坐下，李承東連忙又灌水又按摩又敷冰的，嘴巴還不忙大聲吆喝。

「節奏！你的節奏去哪了？」

歐陽駿被打得有點頭昏腦脹的，只懂連連點頭。

「你現在的分數太低，再這樣就會輸掉，以後也就完了！」李承東少有地緊張大叫。

「滾回家吧！」

「廢柴！」

場內觀眾的奚落和恥笑聲猶如揮之不去的多重奏，歐陽駿心情無處宣洩，忽然咆哮一聲，殺氣騰騰地回到擂台上繼續比賽。他沒有再試探，直接搶先給郭子偉送上一個重重的右勾拳，正好打中了對方的下頜！

眾人一陣難以置信的「噢」聲！

秀賢見歐陽駿似是回復狀態，臉上緊張的神情才放鬆了少許。

郭子偉在吃了歐陽駿一拳後，忍痛反擊，揮拳直往歐陽駿的頭部打過去，歐陽駿不知怎的接連退後，郭子偉稍得了喘息空間便乘勢追擊，把歐陽駿逼到死角。

「節奏！節奏！」李承東大喊着。

郭子偉一拳劃破空氣，像猛虎般直撲歐陽駿的腹部，秀賢再也看不下去，緊緊閉上了眼，當她聽到沉重的肉體撞擊聲後，睜眼一看，倒地的竟是郭子偉！

原來歐陽駿利用繩子的特點，故意壓後身體避開了郭子偉的重擊後，靠着反彈力給對手迎面一個痛擊，直接KO！

歐陽駿的手被拳證高高舉起，他昂然環視四周，期望大家對他刮目相看，分享勝利的喜悅。曾經，他試過這樣勝利之後，接受滿場的歡呼，可現在會場內卻只有零星掌聲，更多的是難聽的話。

「郭子偉起來！打假拳是吧？」

「分明是造馬！」

「造馬！造馬！造馬！」

觀眾似乎很不接受這樣的賽果，紛紛大叫口號，還加上拍子，令場面變得十分尷尬，歐陽駿的心情直往下沉，只能匆匆下台。

明明是勝利者，這種被趕下台的感覺，卻猶如敗軍之將。

「觀眾認為賽果不正常，你有何想說的？」

歐陽駿保持沉默，想盡快返回休息室，記者卻一窩蜂的把他團團圍住，教他進退不得。

「阿駿要休息一下，我們再安排採訪時間好嗎？」李承東穿過了人堆，拉着歐陽駿離開。

「是不是你故意安排較差的拳手給歐陽駿刷數據？」記者不死心，轉而追問李承東。

「沒有這樣的事。」李承東笑道。

「歐陽駿剛才好像忽然興奮起來，是吃了禁藥嗎？」

記者尖酸刻薄的提問，使歐陽駿忍無可忍，終於爆發，大叫道：「我很努力的打好每場拳賽，還是要被人質疑，我要怎樣打你們才滿意？」

可是記者見慣了大場面，這樣的暴怒只會引起更多更負面的提問，李承東只好趕忙把歐陽駿拉走，對記者的提問只是微微一笑當作回應。

歐陽駿回到休息室，失落地重重坐下，不發一言。

「觀眾就是這樣，一邊看一邊罵，不用理他們。」

「……這樣打下去，還有意義嗎？」

「你打拳，就只是為向別人證明自己的存在意義嗎？」

歐陽駿想再次開口時，曦琳已經帶着剛才那幾個少女走進休息室，秀賢緊隨其後，像個助手跟班似的。

「沒事吧？」曦琳笑着問。

「好得很！」歐陽駿苦笑道。

「我知道你難過，慢慢來吧！我有方法幫你啊！」

「怎樣幫？」

話音剛落，少女們便自動自覺地走到歐陽駿身邊，搔首弄姿，親暱地擺着姿勢，讓攝影師拍照。

「這是要做什麼？」歐陽駿見狀反而左閃右避，有點不安。

「從今天開始，你也該適應一下隨時有人會找你拍照了。快，笑一個！」

曦琳一臉自信滿滿的笑容在指揮，更顯得歐陽駿百般無奈和尷尬；可是最尷尬的，該是一直站在角落，沒有人注意到的秀賢吧。

秀賢看着歐陽駿那一片瘀紅的腹部，又青又腫的面頰，心中就像被刀割一樣痛。

她現在才有了點打拳的真實感，就是痛。

掙扎

STRUGGLE

ROUND 5

第五回合

在上一場拳賽中，歐陽駿雖然取得了最終的勝利，卻仍是遭到不少人唾罵和嫌棄。本來，他也不把這些酸話當作一回事，可是被罵久了，心裡始終會有疙瘩。

街上人的評頭品足就算了，但連拳館也因為外面瘋傳歐陽駿打假拳，生意受了點影響，拳館的人對他的態度就更差了。武叔沒在他面前說什麼，可是看他終日眉頭緊鎖的樣子，怕是真的受到拖累。

「我給你安排一個專訪，就在幾天後。」這天曦琳找上了歐陽駿，跟他報喜道。

「我不去。」歐陽駿本來就討厭這些形象工程，這種敏感時期就更加抗拒。

「你不想挽回形象嗎？」曦琳堅持。

「妳覺得搞公關有用嗎？」歐陽駿忽然暴躁起來：「我就算要挽回形象，

也只會靠我的雙拳！」

「上一回你都看見了，觀眾是怎樣看待你的吧？任你再努力，他們也只會覺得你打假拳，無本事。」曦琳也不甘示弱。

「我不需要觀眾。」歐陽駿不想理她，又埋首在打沙包裡。

「沒人看的拳手，永遠只是地底泥，你比我更清楚吧？你甘心做別人賭局裡，一定會輸的那顆棋子？」曦琳稍稍軟化：「而且，你也要替武叔着想，你的名聲跟尚武連成一線，只有你好了，這一切才會好起來。」

曦琳說到這份上，歐陽駿又如何反駁？只好乖乖聽話。

緊接下來的日子，曦琳替歐陽駿安排了一系列的公關活動，去做專訪、做節目嘉賓，不斷找機會用別人的嘴巴或文筆給他澄清，雖然酸民沒減少，可是支持者也增加了，尤其是女粉絲看他說幾句話就臉紅的樣子，太可愛了。

現在歐陽駿除了訓練和比賽，還有很多事要忙，秀賢難得見他一次，每次卻都有李承東和曦琳在旁，不是一起去看拳賽，就是去燒臘店吃飯。

要是剛巧碰上歐陽駿休息的日子，他就說太累了不想出門。雖然兩個人靜靜窩在家，看看電影，做做飯也不錯，可是歐陽駿每次看到一半就睡着了，接着就只有秀賢一個人做飯而已。

秀賢想跟歐陽駿創造很多難忘又美好的回憶，可是燒臘店有什麼難忘？人都睡着了又如何美好？難道她要開口跟歐陽駿說，想要更高質素的二人世界嗎？

「對了，街霸洗澡了麼？」

「洗了。」秀賢回應得十分簡單。

「牠的乾糧好像快吃光了……」

「補了。」

「牠最近老是跳上床撒尿，害我又要洗床單又要洗床褥！妳說牠在發什麼神經啊？」

二人晚飯的話題越來越簡單，就是聊聊街霸的吃喝拉撒。他們才剛一起，什麼激情都未嘗過，就直接跳到老夫老妻平淡如水的相處嗎？

「狗跟人一樣，有感受的，牠覺得你不理牠了，發脾氣也很正常吧？」秀賢忍不住借題發揮，臉色也有點不好看。

「我忙嘛……」歐陽駿一臉委屈。

「那你去忙你的吧。」

秀賢拋下這話，扭頭便走；歐陽駿見秀賢態度冷淡才恍然大悟，自己惹怒了女友，連忙追上前，拉起她的手，厚着臉皮蹭她的臉，笑道：「我們明晚去看電影好不好？」

「你不用跟阿東晚飯嗎？」秀賢心裡暗喜，聲線卻仍是冷淡。

「不管他們。我們二人世界。」

秀賢聽到「二人世界」四個字，便消了脾氣，嘴角不爭氣地露出甜笑。

其實，她覺得自己要求很低了，韓劇裡的男主角都是天天有新花樣來哄女友，她知道歐陽駿做不到，也不奢求，只求他有空能一起出去走走，哪怕是看電影也好，行山游水也好，就是想要男友一心一意在自己身邊，眼裡心裡只有自己一個而已。

次日，秀賢提早關店，訂好戲票，穿上歐陽駿之前送她的情侶裝T恤和波鞋，一心想着他練拳辛苦，便自己跑到拳館，不用他來回接送。她走進拳館後，第一眼看不見人，只看見一堆女生圍在一角，然後她才慢慢看到，那些女生圍着的人，正是歐陽駿。

他身上穿的都換成了曦琳安排的衣服，裡裡外外都跟秀賢毫不相關。

這裡是拳館，可能她們是拳館的女學員，在討論拳擊吧？

秀賢大剌剌地走進人群，可是那堆女生就像一條她無法跨越的封鎖線，把歐陽駿的視線擋住，絲毫沒有發現秀賢來了。她擠進去才知道，原來她們在跟歐陽駿聊天自拍，玩個不亦樂乎。

歐陽駿最近老說自己忙，就是在忙這些啊？

「可否替我們拍一張？」

秀賢聽到這句話才回過神來，見其中一個女生正把手機遞到她面前，其他女生紛紛找了有利位置貼着歐陽駿，擺好姿勢等待拍照。

什麼？我是你的女友，你有跟她們介紹過嗎？你連招呼也未跟我打一個，還讓人叫我幫忙拍照？

秀賢憋了一肚子氣，直看着歐陽駿，可是他卻彷彿視若無睹的擺着笑臉等待拍照，秀賢只好隨隨便便替他們拍了幾張，立即把手機還人。

「妳要不要我幫妳拍？」那女生接過相機後，還十分好心地反問秀賢，要不要跟「偶像」拍照。

秀賢盯着那女生，白眼都翻上天了，對方其實也沒有在意她，逕自又回到女人堆中，爭相借機戳着歐陽駿的腹肌！

這一刻，秀賢痛恨自己沒有膽量表明身份。也許，她根本就不算什麼吧！看着那群女生，有五官標致的，有身材姣好的，自己又不突出，被嫌棄也是正常。

秀賢越來越弄不明白，歐陽駿喜歡她什麼？

她呆呆地坐在拳館一角，不知他們到底要聊多久，也不知自己該走還是該等下去，正坐立不安之時，曦琳又走了上來。

她的氣場總是不一樣。她一進來，那堆女生就算背着大門，也像強烈地感受到勁敵的出現般，連忙轉個頭去看。

「阿駿，你也差不多了吧？」曦琳直接走到歐陽駿跟前，眼尾一下也沒有看過其他人。

「那……我們先走了。」那堆女生也很識趣，聽懂了暗示，立即撤退。

為什麼我不能像她？秀賢看在眼裡，心底裡不禁敬佩着曦琳，她好像永遠都是主角，永遠都不會叫人忽略。

那堆女生走後，歐陽駿才鬆了一口氣。經曦琳一番苦心改造後，歐陽駿雖然在拳擊界還是這般討人厭，可另一方面卻吸引了一群不太懂行的人喜歡他，拳館不時也有粉絲走來找他，難免造成滋擾，因此曦琳特別安排了一場見面會，讓大家在拳館見歐陽駿之餘，更可以試玩一堂拳擊，順便招攬新生。

只是秀賢不知他們的安排，上來卻看見自己的男友左擁右抱好不快活的樣子，臉色變得十分難看。

「哎！累死了！妳怎麼來了？」歐陽駿未曾察覺女友心事，還在火上澆油。

「你約了我看電影，忘了嗎？」秀賢冷淡地道。

「怎會！我想這裡忙完了，就去店裡接妳的。」

秀賢心裡有一千句帶刺的話想要回敬他，看到他的笑臉卻又說不出來。

「妳等一會，我收拾一下就走。」

「等下，」秀賢叫住了他：「你……會換衣服嗎？」

「不會啊！很快的。」歐陽駿似乎誤會了秀賢的意思，甚至是，他根本沒察覺秀賢的心思。

「別在意，笨蛋就是得罪人都不知道。」曦琳見狀笑道。

「我沒有啊！」秀賢還在嘴硬。

「妳沒有？」曦琳的一雙眼彷彿看透了她似的：「妳今天這件上衣，這雙波鞋，都是情侶裝對嗎？」

「是吧……也許不是……」

歐陽駿最近沒有再刻意跟她穿上情侶裝，讓秀賢不自覺地有點失落。

「熱戀的時候，男人滿腦子都是傻念頭，他之前肯定是老逼着妳穿情侶裝，到妳習慣之後，他自己卻忘了情侶裝這件事了，妳卻傻傻地在期盼着他跟當初一樣。」

秀賢被曦琳說穿，害羞得臉紅耳熱，卻也十分難過。

「或許，是我不夠好。」秀賢沉默了一會後，才悄聲地吐露心聲。

「不是妳的問題。」曦琳笑道：「有人說，女人的愛情是在拍拖之後開始，男人的愛情卻是在拍拖之後消失了。妳就當這是打機一般，穿情侶裝是這遊戲裡一個關口中的一個任務，當成就解鎖時，他們就會去做下一個任務。」

「這不是一場遊戲！」秀賢聽到「遊戲」這兩個字，十分反感。

「當然不是。我看得出來，歐陽駿對妳很認真的。」

秀賢聽到曦琳這句話，才總算找到了一點安全感，不禁嘆口氣，覺得自己有點犯傻了，竟然跟他好友的女友說了這些刺心的話。

「妳雖然話不多，卻是個心思細密的女生。」曦琳續道。

「妳也是，看來像港女，卻很精明能幹。」

「那……我們算是惺惺相惜了？」曦琳笑道，秀賢也陪着笑起來。

「我……其實很羨慕妳，又漂亮，又本事，又能幫到男友事業，我看着妳跟阿東吵吵鬧鬧的，挺恩愛啊。」秀賢直話直說，打開心扉表明心跡。

「妳以為我天生下來就會幫忙嗎？他們這種男人只會向前跑，妳一旦落後，就注定只會成為他人生的其中一道風景。妳這傻瓜，還站在原地呆等。」曦琳不禁為她嘆了一口氣：「妳難道不想他多注意妳嗎？」

「那……我該怎麼辦？」

「跑在他前面，讓他倒追着妳跑就是。」

其實歐陽駿也自覺最近冷落了秀賢，於是幾天之後又約她外出吃飯當作補償，秀賢當然高興，早早就開始準備了。

平常歐陽駿上秀賢家接人時，一按門鐘，她很快便會出來迎接，這次歐陽駿站在門前等了很久，大門才打開一條小縫，秀賢的手從中伸出來把大鬧開了，然後頭也不回地飛奔回房去！

「妳在搞什麼鬼？」歐陽駿大感奇怪，進了屋，敲她的房門。

「你在客廳坐着吧！等會就行！」秀賢大聲從房裡喚出去。原來她臉上的妝才上了一半，不好意思叫歐陽駿看見，才這樣匆忙回房。

她平常甚少化妝，什麼粉底、遮瑕、眼影、假睫毛，都要來回幾遍才能擦出理想的效果，單是這張臉已花了一小時，還有髮型未弄呢！曦琳說，女神氣質靠髮型，因此送了她一個捲髮器，還要跟着youtube學習如何捲出女神風。

幾經辛苦，一個頂着蓬鬆髮髻，臉上化着精緻妝容，身穿連身裙，走着女神風的秀賢緩緩走出來，準備給歐陽駿一個驚喜。

怎料，歐陽駿卻因為苦等了一個小時多，睡了……

「喂！」秀賢扁着嘴，推醒了他。

歐陽駿仍然睡眼惺忪，看到另一番打扮的秀賢，竟皺起眉頭來。

「搞了這麼久，就是化妝？」

秀賢冷不防歐陽駿有這樣的回應，臉色都凝住了。

「唉，我今天還特意穿了我們的情侶波鞋。」歐陽駿看她穿了皮鞋，無心說了一句。

「怎麼？因為你穿了，所以我一定要穿嗎？我不能穿自己喜歡的？我就必須要遷就你嗎？我想你穿的時候，怎麼你沒有穿？」秀賢聽着歐陽駿這話，十分刺耳，不禁連珠發炮地質問起來。

這下歐陽駿呆了，不知如何反應；秀賢自己也呆了，搞不懂自己到底為什麼大發脾氣。

為什麼會這樣的刺心？這樣的小事……

歐陽駿不明白，他以為只是波鞋的錯。

秀賢自己也不明白，她不知道是哪裡錯了……

ROUND 6 第六回合

妥協

COMPROMISE

拳館內，揮拳聲不絕於耳。

歐陽駿的作息十分固定，除了練跑、操器械和練拳外，就是吃飯睡覺而已，其實他這幾年都是過着差不多的生活，不知怎的，到了最近竟覺得這一切有點乏味。

秀賢自上次之後，一直都是冷冷淡淡的。不是推說在忙着不見，就是見面了也沒太多話。

未和秀賢在一起的時候，他從來不知道寂寞是怎樣的感覺。

其實秀賢並非存心要冷戰，只是一時間也不知如何是好。理性上她不想跟着歐陽駿跑，這樣的相處太累人；可是感情上，她卻在想……即使只跟着影子跑，只要他一直牽着自己的手，也是能跑下去的吧。

不管怎樣，他倆現在的狀態都像丟了魂似的，老是神不守舍。

越是這樣走神的日子，生活就越是會考驗人。武叔要求歐陽駿加強訓練肌力，給他的四肢都綁了沙袋才練拳，李承東陪練時還加碼挑戰，要求歐陽駿不能只一直打同一位置同一種拳勁，要他聽着指示去打，萬一打慢了、打錯了、打輕了、打重了，都被罵得狗血淋頭，狠狠懲罰。

「錯！」

「耳朵聾了？我說什麼聽不清楚嗎？」

「你下去！做一百下掌上壓再回來！」

李承東真的動氣了，整個拳館的人都如履薄冰，怕連累自己陪歐陽駿一起倒楣。

對打練習時，李承東幾乎拳拳都往歐陽駿的臉上打過去，歐陽駿被他逼得完全反擊不了，接連後退。

「你還是個拳手嗎？」李承東罵道：「不能逃！反擊！」

李承東似乎沒意識到自己的拳多狠多快多重，難怪歐陽駿感到害怕。

「李Sir不過是陪練，也真夠狠。」其他學員見歐陽駿的訓練如此辛苦，慶幸自己沒報李承東的班。

「你最近怎麼啦？」歐陽駿沒見過這樣的李承東，隱約感覺有些不妥。

「就你現在的進度，如何能跟Aflerdo對打？」李承東才剛罵完，又忍不住再開口道：「你有了秀賢後，總是分心！」

歐陽駿被戳中要害，不敢出聲。

「沒多少時間了，專心點好嗎？」李承東看看時鐘，接着道：「我要走了，你繼續練。」

「這麼早？」

「我這陣子都要去替工，你趕緊繼續！」李承東只敷衍了一句就走掉，剩下歐陽駿在操練。

歐陽駿看李承東最近古古怪怪的，本來已木無表情的臉更加像封了霜一般，眉頭老皺成一團，難道是失戀了？

可是，曦琳剛巧這時候找了上來。

「李承東呢？」曦琳看歐陽駿一人在練拳，大感奇怪。

「他提早走了。」歐陽駿反問：「妳不知道嗎？」

曦琳的臉上忽然掠過一絲動搖。

「噢……那，我也先走了。」

「等下，」歐陽駿叫住了她：「曦琳，我想問問……」

「什麼……？」曦琳看來有點不知所措，只僵硬的原地站着，靜候歐陽駿開口。

「秀賢好像是生氣了。」

沒想到歐陽駿會問這個問題，倒讓曦琳鬆了一口氣。

「秀賢終於對你發脾氣了？」曦琳笑問。

「也不算是發脾氣吧……只不過為了什麼時候穿上情侶鞋而已。」

曦琳看歐陽駿一臉苦惱的樣子，不禁嘆了口氣，搭着他肩膀，語重心長地道：「看來，我也是時候給你講些道理了。」

「又是那些無論是誰的錯，都是男友的錯那種道理嗎？」歐陽駿提前把話截住了。

「不，」曦琳就像老師般的問道：「你知道女人是什麼嗎？」

「什麼？」

「她們心情不好的時候，就會變成你媽，變偵探，變糾察隊，變面試官，專門嘮叨，找錯處，捉痛腳，挑骨頭。」曦琳語帶威脅：「想要活着，就千萬別讓她心情不好！」

「拍拖真麻煩。」歐陽駿聽了不禁皺眉，嘆了口氣。

「嫌煩？我們還未嫌你們煩耶！都成年了還像個要找媽吃奶還抱怨奶不

好吃的屁孩！」曦琳說話也是難得的粗俗，可能是想把對李承東的脾氣，都發到歐陽駿頭上，算是代秀賢和自己以及一眾女生出口惡氣！

歐陽駿被曦琳這話一堵，真的無話可說，只能默默投降了。

＊＊＊

「這個關節寶對年長的貓狗都很好，每天給牠們吃一顆就可以了，還有這個……」

秀賢在店內一直沒有閒着，是個人就招呼，熱情地拉着他們推銷，是隻動物都玩玩；沒有人的時候，她便收拾貨品，找事忙。她不想靜下來，靜了，人便會胡思亂想。

此時有人推門進來，秀賢一直背着店門，沒有留意，直到她感覺腳邊有東西在動，轉頭一看，才發現街霸正狂搖着尾巴，一臉傻呵呵的看着她，似是在告訴她：「我想妳了！」

「你怎麼來了？還傻笑……」秀賢雖冷冷淡淡，眼神卻左顧右盼：「你爸爸呢？」

秀賢嘀咕着不知歐陽駿到底在幹什麼，帶了狗兒來，自己卻不露面，把街霸當作和平大使嗎？牠一笑，她便要就範嗎？

街霸乖乖地坐着，還是那款傻笑的樣子，在等着秀賢給零食呢！

秀賢能拿隻小狗什麼辦法，只好乖乖投降餵食，然後就隔着櫥窗看到了歐陽駿的背影。

他一直站在那裡，既不進去又不離開，秀賢也搞不清楚他想要怎樣。本來她不想理會，可是歐陽駿絲毫沒有要進來的意思，這樣僵住也沒結果，終於她還是按捺不住走了出去。

當她抱着街霸，怒氣沖沖地衝到歐陽駿面前時，才看見他身上掛了一大個牌子，寫着「我惹怒了女友，是我錯，請懲罰我」，周遭途人看見了，有人笑着走開，有人舉起手機拍照，秀賢見狀連忙把他拉進店去。

「你幹嘛！街坊都看到了，多尷尬！」秀賢臉上泛紅，說的話似是責備，心裡卻是驚喜不已。

「我就是要讓所有人知道，妳是我的女友，我就算能打贏全世界，面對妳也只能投降了。」歐陽駿繼續甜言蜜語地哄着，說得秀賢心花怒放，他還接着道：「是我忽略了妳，接着我會好好安排時間，盡量多抽空陪妳。」

秀賢從來沒聽過歐陽駿跟她說這種露骨的情話，一下子心花怒放，忍不住笑意。

「不生氣了？」

「你到底喜歡我什麼？」秀賢還是裝出生氣的樣子。

歐陽駿想了一想，尷尬一笑：「我不知道啊！」

秀賢才剛平息了的怒火，忽然又燃燒起來，但未等爆發，歐陽駿已經接下去：「我就是喜歡妳，這樣的妳最好。」

這張王牌打中了秀賢的心，什麼問題都不成問題了，兩人又如膠以漆的扭在一起。

歐陽駿難得如此浪漫，秀賢忍不住跟曦琳約個下午茶，分享一下成果。

「他真的這樣做了？」曦琳笑問。

「我也不敢相信。」秀賢一臉甜絲絲的笑道。

「所以說，他心裡是有妳的。」曦琳給她打下強心針。

「唉，」秀賢嘆道：「我還是不敢相信，他是真的喜歡我嗎？」

「妳是太在意他了才胡思亂想。」

「對，我該放鬆一點的。他說喜歡這樣的我……」秀賢臉上的甜笑一浪緊接一浪。

「對！那……妳喜歡這樣的他嗎？」曦琳笑問。

秀賢想了一想，笑着嘆了口氣，彷彿認命似的：「只要他肯用心對我，我也不要求什麼了……」

曦琳聽了這話，也只能笑着附和。可是她心裡知道，女生說的用心，跟男生能做的用心，可是天壤之別。她現在只能祝福這兩人的愛情路上一切順利，歐陽駿最好聽懂她早前說的話，知道該怎樣做吧！

「其實，一個職業拳手能賺錢嗎？」秀賢話鋒一轉，回到現實問題。

「要是能當上拳王，是很賺錢的。」曦琳覺得這不像是秀賢關心的：「怎麼啦？」

「沒什麼……」秀賢欲言又止：「我知道他之前儲下來的，這些日子已花得差不多，就想知道他什麼時候才能再儲一筆錢……」

「嘿……想知道他什麼時候能娶妳嗎？」曦琳忍不住捉弄一下秀賢。

秀賢的臉登時紅了起來，聲音也變小了：「他說過想要小孩，我想……生孩子還是要趁早的好。」

曦琳想不到秀賢已經想到這麼遠，噗嗤笑了出來，嚇得秀賢更是害羞了。

「對不起，我不是想取笑妳，不過，他們人生的顛峰就在這幾年，我看阿駿暫時不會動這腦筋了，妳還是別太多想這些，免得吵架。」

是嗎……秀賢心裡想着，其實事業跟婚姻並不衝突啊！只不過是花半天時間辦一張結婚證，搞一場婚宴而已。先顧好家庭，之後他也可以繼續去打拳啊！

可是秀賢沒有再接着反駁曦琳，她一頭栽進了幻想中的幸福世界去，覺得曦琳不會明白她跟歐陽駿的感情。

歐陽駿跟秀賢和好的事，李承東從曦琳口中聽說了。本以為解決了歐陽駿的愛情煩惱後，他的表現能有所精進，可是當李承東與他做對打練習時，他還是一見李承東往他臉上打，就不自覺地後退。

「說了多少次，不能後退！」李承東當下拉長了臉，大聲喝斥：「今天練不好，明天練雙倍！」

歐陽駿自問已經是百分百專注投入練習，竟在此關口停滯不前，當然是心有不甘，更加倍努力，即使所有人下班了，他還留在拳館繼續操練。之前他才答應了秀賢多抽點時間陪伴，這承諾早已被忘到九霄雲外。

秀賢這兩天幾乎連人都找不着，給他打電話不接，給他發短訊就只得簡單幾字回覆，說是在忙，連個解釋都沒有，不安的心情再次油然而生。

「你能不能至少每天起來跟我說聲早安，晚上睡前跟我說聲晚安？」秀賢忍不住在短訊裡問。

她在店裡拿着電話一直等，但等到店也要關門了，最後上線時間還沒有變成在線。秀賢把心一橫，直接走上拳館，看到歐陽駿在擂台上被打得體無完膚的樣子，心痛不已。

她每天準時十一點開店，晚上約八點關門，然而歐陽駿早上十點回到拳館，上班加上訓練毫不間斷，到現在還未肯停歇，秀賢覺得當拳手實在太辛苦了。

「明天再繼續吧，過度操練也不好。」武叔見秀賢來了，不好要她久等，便主動勸歐陽駿休息。

「那我去跑個步。」歐陽駿喘着氣下擂台。

「跑什麼！去吃飯！」武叔攔住了他，並示意他往門口方向去看，歐陽駿這才看見秀賢站在那裡，看着他。

晚上九點多，餐廳的選擇也不多，二人便到了附近的茶餐廳粗吃。

「我給你的短訊，看了沒？」秀賢點了餐後，見歐陽駿在看手機，便忍不住開口問。

「剛看到了。」

秀賢等了大半天，竟是這般回應，自是十分不滿意，可是她知道歐陽駿辛苦，也不忍責備，吞了這口氣。

「我知道你辛苦，你忙，可你就沒有想起過我嗎？回一個訊息，有這麼難？」

「對不起，」歐陽駿知道秀賢傷心，連忙道歉：「我只是怕答應了妳，做不到，又害妳傷心……」

「那你為何上次又懂得說忽略了我，答應多陪伴我？」

「曦琳教的。」

秀賢聽到這話，徹底地傻眼了，不禁追問：「就是說，你其實也不太知道你忽略了我？」

「不，我知道的！」歐陽駿這才知道自己說錯話，連忙補救。

「你知道又怎麼現在怕答應了做不到？」

「這天天要做的事，很難說得準嘛！」

「你天天準時操練，打得遍體鱗傷，又不見你覺得難了？」

「這……怎麼相同？」歐陽駿覺得，秀賢開始有點無理取鬧。

秀賢則忽然間覺得自己好像弄懂了什麼似的。

「我是遠不及打拳重要。」

「我從未想過把妳跟打拳拿來比較，兩件事怎能混為一談。」

「時間是最公平的。人人每天只有二十四小時，你自己想想，你寧願花時間到哪裡去。」

他們這頓晚飯，再次不歡而散。

可是歐陽駿也不是不在意秀賢的話，晚上睡前，他特意發短訊給秀賢說晚安。

「gn…lv u.」

秀賢收到歐陽駿如此簡短的示愛，也證明他有所進步，願意滿足她的要求。如此，她也該心滿意足吧？往日的秀賢可能早已被這幾個字弄得樂不可支，不知怎的，今晚她卻高興不起來。

令她難以釋懷的，不是因為歐陽駿不肯承諾天天發短訊，而是她得悉當日的道歉，那些浪漫的情節，原來不是自己男友想出來的。

人人都知道她不高興什麼，只有自己男友不知道。

歐陽駿經歷了這幾次與秀賢正面交鋒之後，總算學乖了點，在手機的鬧鐘程式裡，設定了一個叫做「text秀賢」的鬧鐘，每天早上九點半和晚上十一點準時響鬧，提醒他立即發短訊。秀賢也沒再說什麼，二人又過了一段平靜的小日子。

經過連日的刻苦訓練，歐陽駿似乎有所進步，李承東也認為他應該準備好應付下一個對手……

克服

OVERCOME

ROUND 7

第七回合

其實李承東一早看穿歐陽駿的致命弱點只是一場心理關口。歐陽駿越是嘴上不說，越是表明他是明知而不肯面對。

為了成功，李承東只能冒險賭一把。晚上他來到魯堅的辦公室，直接提出要求。

「我想預支酬勞。」

魯堅看了李承東一眼：「我猜猜，」他隨即翻出記事簿來，邊說邊看：「歐陽駿剛剛的復出賽沒有虧損，要是為了準備下一場比賽，你有曦琳找贊助，為何找我預支酬勞？請的對手酬金索價很高？還是……入場率會低到無人贊助？」

魯堅一副洞悉一切的眼神，懷着自信的笑容望向李承東，續道：「歐陽駿還未行吧？」

「你到底在尚武還有幾多線眼？」李承東知道魯堅一直對他們的事瞭如指掌，已經見怪不怪。

「我多看着點，你說話也省點力氣，不好嗎？」魯堅笑道。

魯堅有千萬個不好，倒是有一個好處，就是說話不用拐彎子。他這種控制狂，只要是他在意的人，就算是放個屁，他也知道原因。

「借，還是不借。」李承東也不想跟他多廢話。

「你是個重情義的人，」魯堅點起了一根煙：「我今天賣你一個人情就是。」

「我會盡快還給你。」

「慢慢還吧，反正還不完。」魯堅吐了一口煙，輕笑道。

李承東替歐陽駿安排的拳手，的確是索價高昂，而且乏人問津。李承東不得不佩服魯堅的觀察力，他雖然嘴上沒說，但顯然已知道李承東想找的人是誰。

「我替你安排了一場公開賽，就在一個月後。」

隔天，李承東在練習開始之前，直截了當地向歐陽駿宣佈他的安排。

「對手是誰？」歐陽駿聽了這消息，興致大增。

「獵豹。」

這個名字，叫歐陽駿興奮的笑臉瞬即凝住，背上涼了一截。

這個人，就是那時候把他打進醫院躺了大半年的黑市拳手啊！

「這種比賽，私下切磋也就算了，怎能上大場面？」武叔忍不住在旁插話。

武叔也是為了拳館聲譽考慮，畢竟那些人都不是好東西，懂門路的就知道他們是黑市來的，輸了不光彩，贏了也難免有人誤會是收錢打假拳；然而不懂門路的人，單看對手往績寥寥可數，還以為他們拳館是要刷數據，欺負人呢！

這是拿拳館和拳手的聲譽冒險的事，武叔不明白李承東到底在想什麼。

「其他的你不用管，你只要答我一句，你敢不敢挑戰？」

李承東直視歐陽駿的眼神，堅定而充滿信心。他知道獵豹就是歐陽駿的心魔，只有打贏獵豹，他才能有資格再戰Aflerdo。

「這已經不是敢不敢的問題，」歐陽駿想了一會，從猶豫到堅決：「而是必須要做的事。」

「可是，就一個月時間太倉促了！」武叔還是十分不放心。

「你覺得他未準備好？」李承東反問武叔，然後重重地拍着歐陽駿的肩膀：「那麼，他就是只差這一步而已，之後的路，他要學着自己走了。」

為了迎接突如其來的賽事，歐陽駿又再次全程投入操練之中，這次他連街霸也沒空管了，乾脆帶到店裡，暫託給秀賢。

「家裡和街霸，這個月要勞煩妳了。」歐陽駿溫柔地說道。

「不如……我當你的助手怎樣？」秀賢突如其來的探問，一是想爭取見面的機會，二是希望歐陽駿習慣了依賴她，從此不分開。

「不好。」歐陽駿倒是斬釘截鐵。

怎麼其他人可以做的事，我就不可以？是嫌我礙着你嗎？怕我在，那些妹子都不能碰嗎？

秀賢腦海裡轉了很多壞念頭，卻一直不發一言。

「有妳在，我就要分心了，這不好。」歐陽駿十分認真的回答。

秀賢終於覺得自己在歐陽駿心中是重要的，不禁暗自高興。

「那……我繼續做你的營養師吧！」秀賢一定要為自己在歐陽駿的身邊找個職位。

自敲定了對手後，曦琳四出找贊助也是屢屢碰釘，一個被認定是打假拳刷數據的拳手，與一個毫無往績的黑市拳手的比賽，誰敢贊助？李承東自然是想到這一點，才早早的問魯堅預支酬金。

沒有贊助，連公開售票的情況也十分慘淡，李承東為了讓會場坐滿人，不惜軟硬兼施的塞票叫人去看，秀賢也從曦琳那裡知道情況，出錢買了一百張票，難得的大張旗鼓，拉上親朋戚友去看。

雖然大家有意不在歐陽駿面前提起這些，可是當他見到海報上的贊助都是曦琳家族旗下的公司，就深知是什麼一回事。既然大家有心護着他的自尊，他也只能裝作毫不知情，可是心裡始終不好受，誰也不想搭理，只埋首在訓練之中。

歐陽駿的對手獵豹重量五十五公斤，屬於初羽量級的拳手。職業拳擊比賽在一般情況下，雙方必須屬同一級別，以體重劃分。在同一級別裡，體形越高大越有優勢，因此不少拳手千方百計地減重，為的就是以更有利的條件挑戰輕一級的比賽。

比賽前一天，兩位拳手都會公開上磅，以示公平。在這之前的幾天，歐陽駿卻面臨一個比打拳更痛苦的過程。

明明歐陽駿已經吃得很簡單，操練時間又長，可是他一上磅，就叫眾人大吃一驚。

「你怎麼會過重？」武叔指着磅上的數字問道。

「我已經吃得很清淡了！」歐陽駿也崩潰地道。

「十五磅而已，還趕得及減掉。」

李承東輕描淡寫的說，可是這輕描淡寫的背後，是瘋狂跑步、節食、蒸身的慘痛經歷……

秀賢看歐陽駿的臉一天比一天凹下去，心有不忍，花大半天給他熬了個人蔘雞湯，就在上磅的前一晚，親自送上了他的家。

「我要減磅，不能喝太多水啊。」歐陽駿看着那碗熱湯，只得硬起心腸千般推辭。

「這樣減法不健康，不補補身怎麼行？」女友嘮叨起來，就像老媽一樣煩。

「今天我連水也不太碰，就是怕明天過不了磅，我會無法出賽。」

「可是，你的身體健康還是比較重要啊！」秀賢一臉委屈地道：「不喝湯，就吃些雞肉吧？雞肉不怕吧？」

歐陽駿看着秀賢細心地替他舀出雞肉，一邊撕下肉碎一邊吹走熱氣，有點於心不忍，只好吃些。

「這雞肉不錯。」

「是吧！我用糯米紅棗和清酒餵着蒸了好久！我看你平常吃得太差，你又怕胖不要調味，我給你煮的都是用藥材泡過的肉，連水也是泡過炒米泡出來的營養水……」

秀賢一臉得意地在旁講解自己的愛心食譜，卻不知歐陽駿內心竟是一片晴天霹靂！

難怪秀賢煮的都特別好吃！她還一直強調沒加調味料，歐陽駿也沒懷疑，照吞不誤，現在回想起來的種種片段，他感覺就像秀賢一直在餵自己吞慢性毒藥一樣可怕！

果然，這世上有一種吃法，叫做「女朋友為你好」。

上磅當天，記者雲集，這是拳賽最重要也是最後的一次宣傳。

「拳手歐陽駿目前的體重是一百二十五磅，比初羽量級規定的一百二十二磅多出了三磅！」司儀在磅前大聲公佈，記者們的相機不斷發出「咔嚓」的快門聲。

拳手如果過重，必須在兩小時內減到合符資格的體重才能出賽，因此歐陽駿不浪費時間，立即頭也不回地離開會場，留下武叔等人安撫在場記者，先安排獵豹做訪問，留住傳媒等待。

秀賢見他衝了出去，也連忙追上去。

「妳別跟來！」歐陽駿急了，顧不得禮貌，態度粗魯起來。

「對不起……我……」秀賢以為歐陽駿在怪責她，豆大的眼淚就隨着那一聲吆喝，委屈地掛在眼角邊。

「不，」歐陽駿見狀，也只得冷靜下來解釋：「我現在要去把水份蒸出來，那地方妳進不了，回去等我吧。」

秀賢很想追上去，很想跟他說聲小心點，或者別蒸太久啊，小心傷身呀之類的話，通通也來不及了。

沒想到，她準備回去之時，曦琳推了張輪椅出來。

「拿去。」曦琳把輪椅交給一臉不知所以然的秀賢，解釋道：「他要大量排汗，必得蒸上三五遍，出來的時候就是沒休克死掉也應該像大中暑似的，我可不想李承東要背他回來。」

秀賢扶着輪椅在門口等待，心裡焦急難安。她沒想過做拳手是如此的辛酸，平常瘋狂操練不說，吃也沒好吃的，全身都是傷，她開始有點想不明白，愛打拳的人是否都有自虐傾向。

她站着坐着，呆等了一個多小時後，終於如曦琳所料，歐陽駿是被李承東抬出來的。

「妳真機靈！」李承東看見秀賢推着輪椅過來，大讚她貼心。

「都是曦琳準備的，我哪裡懂這些。」秀賢苦笑道。

她看一下軟癱在輪椅上的歐陽駿，那個充滿陽光氣息的健康大男孩，此刻就像人乾一樣，雙眼無神，氣若游絲，臉上卻是一片潮紅，看得她心痛極了。

「別擔心，他吃點東西就會回復過來。」李承東看她皺眉的樣子，便安慰幾句。

李承東飛快把歐陽駿推回記者會上，重新上磅，終於順利獲得比賽資格，直至兩名拳手互瞪示威的場面被傳媒拍了照，快門聲響過，眾人才鬆一口氣。

「歐陽駿，這次復出很多人都不看好你，你自己又怎樣看？」

「對了，你上次被獵豹打到躺半年醫院，這次不怕重蹈覆轍嗎？」

「這次是否有跟對手談好了條件？」

記者連珠發炮地追問，可歐陽駿哪有力氣回應？李承東急急忙把他推去補充水份，留下曦琳和武叔應付記者。

經過一輪補充後，歐陽駿終於恢復了精神，剛才一臉擔憂的秀賢也跟着精神起來。

「嚇死我了！」

「沒事！」歐陽駿摸摸秀賢的臉蛋，笑道：「傻瓜。」

「今晚你就別去了，好好休息吧！」

「不行，約好了的。」

「可……你不是要減磅嗎？」

「今晚不同，我要瘋狂吃個飽！」歐陽駿抖擻精神，從輪椅上站起來。

雙方過了磅之後，基本上就不用再計較體重了，自然是越重份量越大越好，這二十四小時便是補充體力的關鍵，因此剛剛才經歷了死裡逃生的瘋狂脫水，不夠兩小時他又要瘋狂大吃大喝了。

秀賢看在眼裡，覺得這一切太荒謬太瘋狂了！

這晚剛好是秀賢的中學同學聚會。畢業多年，同學們陸續帶着另一半出席，話題也離不開結婚生子，害她成了啞巴一樣，每次都坐在一旁瞪眼發呆，她總不能拖隻狗去作伴吧！

如今好了，當她宣佈要帶人參加今晚的火鍋聚會時，眾人都很期待她會帶個什麼人來。

這晚，她與歐陽駿穿上同款的上衣和球鞋，牽着手走進餐廳，舊同學同聲喝彩，令從未試過成為焦點的秀賢臉漲紅得發緊，笑容也僵了。歐陽駿本來就很少交際應酬，女友的朋友更是甚少招呼，也只能一臉不自然地陪着笑。

「嘩……情侶裝啊！太恩愛了吧！」

「這就是妳的拳手男友？」

「好結實的肌肉！」

其實大家都收到秀賢送來的票，知道她的男友明天有比賽，見了真人後更是對着歐陽駿結實的身形雙眼冒光。

「明天的比賽加油啊！我們都會去支持你的！」朋友熱情地道。

「謝謝！來到之後找秀賢安排座位就是。」歐陽駿硬擠着笑容，感覺比打拳還要累。

可是在他身邊的秀賢感覺要樂上天了，歐陽駿這句話，彷彿印證了她與別不同的地位，足以讓她挺起胸膛，神采飛揚地接着朋友的話題，起勁地聊個沒完。歐陽駿插不上話，只有陪笑。

這陣子，歐陽駿為了減磅和備戰，承受了很大壓力，今天忙完了記者會和蒸身減磅，已經累不堪言，晚上本應該留在家中養精蓄銳，可是他又不忍丟下秀賢，只好人坐在她身邊，心卻幻想出一個擂台，腦袋裡不斷重練明天的應戰策略。

「阿駿，阿駿！」秀賢察覺到男友正在發呆，於是猛喚他的名字。

「嗯？」歐陽駿彷彿從惡夢裡被叫醒一樣，立即回個神來。

「悶着你了嗎？」秀賢擔心道。

歐陽駿苦笑着搖頭。他本來就不擅交際，再加上明天的比賽許勝不許敗，哪裡有心思安坐？秀賢只擔心這聚會是否悶到歐陽駿，卻沒想過他在意的只有明天的比賽。

「妳想吃什麼？」

歐陽駿立即舉起筷子轉移話題，親自給秀賢下配料，撈食物，還替她剝蝦，這細心和殷勤的樣子，令秀賢感動不已。終於，她也有了一個會剝蝦，會照顧她的男人在身邊，這不是要感謝上天嗎？

不，她該感謝的是曦琳。是曦琳之前教歐陽駿「做好本份」的，幸好他還記得。

＊＊＊

次日就是比賽的日子，歐陽駿在休息室裡為出賽做準備，腦海裡反覆回想着當日被獵豹打敗的畫面，心跳不期然亂了方寸。

不，他已經輸了一次，如果今次還是輸了，他就永遠無法挑戰Aflerdo，永遠無法再站在擂台上。

他沒有輸的本錢。

拳賽隨着兩位選手進場開始，進場的觀眾有一半都不知道兩人間的恩怨，是來湊熱鬧的，另一半則是來看笑話的，因此整個進場儀式反應十分冷淡。

有了上一次的經驗，歐陽駿這次不會再給他有出拳的機會！鐘聲一響，歐陽駿便以瞬雷不及掩耳的速度打出了一個重重的勾拳。獵豹也不是省油的燈，反應奇快，雖然歐陽駿打中了他，可打不中要害之處。

歐陽駿接連出拳，把獵豹逼退到死角，絕不讓對手騰空反咬一口。

「他的章法都亂了！」武叔忍不住擔心起來。

秀賢在旁聽到這話，更是擔心。

第一回合在歐陽駿的連環進攻下結束。獵豹表面上處於劣勢，可是歐陽駿太急於渴望直接KO對手，不知不覺中消耗了不少體力。他在繩角大口地喘着氣，另一端的獵豹卻是暗暗流露着自信的笑意。

這一笑，看得歐陽駿更是不悅。

對手看穿了他在害怕！更可怕的是，歐陽駿的不悅，直接證明了獵豹的想法沒有錯！

第二回合開始，歐陽駿更是瘋狂出拳，每一拳都看似命中，實則全都被獵豹巧妙地避開要害，待歐陽駿的力度放軟時，獵豹終於開始攻擊了！

砰！

獵豹避開了歐陽駿的直拳，隨即往他的臉上狠狠還了一個勾拳！

那屈辱的一戰彷彿再次上演般，歐陽駿吃了他一拳，竟然反應不過來！台下的秀賢看着歐陽駿被打，又再次捂住了眼睛不敢看。

歐陽駿再次被打得躺在擂台上，在拳證的數秒下極力掙扎想要爬起來。

獵豹的一抹微笑更顯森冷，他等着歐陽駿清醒了，拳證示意比賽繼續後，就急不及待地送上另一個勾拳，歐陽駿不知怎的，竟下意識接連後退，結果被逼到繩角捱打！

「獵豹知道了……」武叔最擔心的事，始終發生了。

獵豹一直用勾拳往歐陽駿的臉上去打，歐陽駿被打懵了，一直處於下風，幾次都被打倒在地，幾乎站不起來，觀眾不喜歡一面倒的賽果，太沉悶了，於是開始傳出噓聲。本來支持歐陽駿的人就不多，現在這副慘狀更是叫人一沉百踩。

「噹！」歐陽駿總算又捱過一個回合，幾乎是要爬回繩角休息。

「你再這樣下去，繼續比賽也是會輸！」武叔緊張地大喝道。

此刻，歐陽駿眼看到的是一臉鄙視着他的對手，耳聽到的是觀眾的辱罵，沒有比現在更差的情況了。要是他想輸，何必上這擂台丟人現眼？

「快點認輸吧！浪費時間！」

「沒實力就別打拳了！」

「同一對手連輸兩次，太丟人了！」

擂台打得熱鬧，觀眾也沒閒着，幾乎是一面倒的叫罵，要歐陽駿滾出拳壇。秀賢當然是要支持自己的男友，拉着朋友們一齊高呼歐陽駿的名字，卻也沒用，那些閒人的聲音把支持者的聲音都淹沒了。

剩下的回合已經不多，歐陽駿既然還能比賽，就不想輸給對手！第七回合開戰了，歐陽駿決定改變做法，小心翼翼的保持距離，趁機找獵豹的弱點，給他送了幾記重拳！

「比起上次還是進步了。」獵豹被打後還有閒情逸致聊天：「那次你一拳都受不了。」

看着獵豹輕蔑的笑意，歐陽駿瞬即燃起心中怒火！

他怒吼一聲，給獵豹送上一記重拳，可是獵豹實在太靈活了，躲開之餘，又再次給歐陽駿打上一個勾拳，剛好落在歐陽駿的鼻樑上！

「噹！」剛巧這回合又結束了，雙方各自回到繩角去。

別人或許聽不到，可是歐陽駿明明白白地聽到，也感受到自己鼻樑骨折的聲音和痛感。他知道如果拳手被打至血流披面或醫生認為不適合繼續比賽，他就會被判輸。

「最後一個回合了，你在分數上很難再追上了……」武叔似乎已經打定了輸數，態度已沒這般緊張。

「我要棉花。」歐陽駿冷靜地說。

武叔無奈地遞上棉花，歐陽駿把它塞進鼻子裡止血，準備再次出擊！

「他是不是傻的？」

「這鼻樑都歪了，還打？」

「這回合如果他KO不了獵豹，肯定會輸的，還打呀？」

本來不支持他的觀眾，看他如此堅持比賽，也不禁議論紛紛起來，噓聲反而漸漸變小了。

「既然要打，就速戰速決吧！」

歐陽駿雖然被打得很慘，頭昏腦漲，可是他心裡看得越來越清楚，這連月來李承東給他的訓練真是起了作用，任獵豹如何把他一次又一次的打倒在地，他也沒有像那次一般，要躺上半年才能起來。

同時間，他也看到了獵豹並不是無懈可擊。

最後一戰，隨着鈴聲響起而開始！

獵豹還是同一種套路，不斷晃招要打歐陽駿的頭，打算把他逼退到角落後，才出殺着全力打過去。

歐陽駿沉着應戰，塵封在內心深處的那份自信心漸漸釋放了出來，雖然從觀眾的角度看來，他是且防且退，但在獵豹眼中，歐陽駿的身影竟越來越巨大。莫名的焦慮和不安湧上心頭，獵豹看準一個機會，決定結束賽事——

「送你上路！」

獵豹這一拳，彷彿真有一隻獵豹從拳頭跳出來，直撲向歐陽駿的頭撕咬！

「還給你！」

一抹紅影急速在眼前擴大，拳套迫在眉睫，獵豹才驚覺是歐陽駿的交叉反擊，但已經太遲了。

隨着難分先後的「砰」一聲，兩人同時中拳！

觀眾緊張地期待着這一拳的結局，竟然誰都沒發聲。

身軀搖晃一下，應聲倒地的——是獵豹。

獵豹知道歐陽駿的死穴，料定他反抗不了，就一直只向他的頭部進攻，漸漸就疏於防範，自招滅亡。

剛才，歐陽駿在千鈞一髮中側頭，把被擊中時的衝擊力降到最低，儘管如此，這也足夠讓他眼冒金星，全靠意志力支撐，才不致跪倒。交叉反擊是危險性很高的技術，稍有不慎，落敗的就是自己。

這一拳，打的不止是獵豹的臉，還有自己的心魔。

歐陽駿的支持者從台下傳來興奮的歡呼聲，第一次掩蓋了全場。

觀眾對這忽然逆轉的賽果，有人歡喜有人愁，那些進場想看歐陽駿落敗的人，一個個默不作聲，灰溜溜地離場，剩下的人都特別興奮，在歡呼聲中見證着戰馬歐陽駿被拳證高舉勝利之手。

所有人都沉醉在這刻的勝利之中，除了秀賢。

從歐陽駿的鼻樑被打斷開始，她就一直坐着，沒有跟着起哄，沒有打氣，什麼都沒有。

頒獎禮隨即進行，武叔等人魚貫上場跟歐陽駿拍照。

「阿東呢？」歐陽駿這才想起，怎麼今天不見阿東出現。

「他沒來啊。」武叔也太高興了，一時忘形。

「他怎麼沒來？」

歐陽駿這隨口一問，武叔才意識到自己挑錯時間說錯了話。

就在歐陽駿享受着勝利榮耀的同時，另一邊廂的李承東正在記者招待會中，跟魯堅舉行簽約儀式。

此時，李承東的電話傳來一則訊息，打開一看，得知歐陽駿勝利，使他情不自禁地會心微笑。

「這下你可安心了？」同一時間收到消息的魯堅，看李承東春風滿面的樣子，自然知道喜從何來。

「你別忘了自己的承諾。」李承東沒領魯堅的情。

「你剛才親眼看着我的律師銷毀文件的，你也別忘了自己的承諾。」魯堅也冷冷的回應後，又詭異一笑問：「我們這裡的記者真多……不知你的兄弟看到這則新聞後，會有何感想？」

李承東沒有滿足魯堅的好奇心，其實他心底裡也很清楚，今天就是分道揚鑣的時候。

ROUND 8

第八回合

TEAR APART

鴻溝

晚飯時間的燒臘店如常的熱鬧，如常的人來人往。歐陽駿才剛打完了那麼激烈的比賽，不去醫院，不去休息，就帶着一臉紅腫瘀青的傷勢坐在一角，彷彿這裡是兇案現場般陰森森的，叫誰都不敢靠近，把燒臘店撕裂出兩個時空。

他在等李承東。

沒多久，李承東踏着沉重的步伐走進店內，侍應跟他使眼色，彷彿在提醒他小心一點。李承東逕自走進那個角落，緩緩坐下，侍應隨即遞上了冰奶茶。

這兩個人戳檸檬的戳檸檬，拌奶茶的拌奶茶，默不作聲好一會兒。

「魯堅找你復出，為什麼不告訴我？」歐陽駿終於開口。

他不但介意李承東先前的絕口不提，更介意自己是最後一個知道，還要是記者們問他感想時，他才被「告知」此事。

「你先顧好自己吧。」李承東指着他的鼻子問：「鼻骨斷了？」

「你也先顧好自己吧！」歐陽駿用同樣的話回敬後，緊接着追問：「我不明白，怎麼就不能跟我一起在尚武出道？」

「一山是不能藏二虎的，這樣對大家也好。」

「我可以走啊！」

「你可以去哪？」李承東反問。

「我去哪裡也總比你簽了魯堅要強！」歐陽駿有點激動：「魯堅到底是威脅你了，恐嚇你了還是什麼？為什麼？」

「這事已成定局，事到如今，也沒有討論的必要了。」李承東還是那樣的避重就輕。

「是為了錢嗎？」歐陽駿輕聲問，這是他最不想相信的原因。

李承東深深吸了口氣，不敢相信多年相識的兄弟會說出這種話，有點傷到心了。歐陽駿當然不是想傷他，心虛的沒有再出聲。

「我們不是說過嗎？在最高峰相遇。」李承東還是自信地道：「看誰最先到吧。」

「但願你不會在中途被他扔下去。」歐陽駿這話聽着是黑心，卻也是出於關心。

歐陽駿知道，只要是李承東不想說，他是打死了李承東也不會聽到答案。罷了，他也只能相信自己兄弟能小心處理好。這頓晚飯短短半小時，他們再也沒說話。

二人吃完了晚飯踏出燒臘店，就看見秀賢站在門外乾等着，李承東只跟她微微點頭招呼就逕自離去，剩下這對脆弱的情侶。

「妳怎麼來了？」歐陽駿大感意外。

「你為何不聽電話？」秀賢無比的冷淡平靜。

「我沒聽到……」

「你知道我是如何找到這裡嗎？」秀賢的聲音開始有些顫抖。

歐陽駿當然不知道，沒回答。

「是曦琳打電話給阿東，阿東聽了，告訴她，她再告訴我的！」

本來賽後應該去醫院檢查的歐陽駿，卻一聲不響地離開了會場，任誰打電話找他也不管用，最後還是秀賢找了曦琳打給李承東，才迂迴地知道二人在燒臘店。

秀賢越想越傷心，含淚問：「為什麼人家的男友會聽電話，你卻聽不到？」

「我……」歐陽駿想辯解，想了千百個理由，但他看見秀賢的眼淚就知道，怎樣說也沒有用了，只得含冤似的嘆口氣：「對不起。」

「我不是想聽這句話！」秀賢難過地問：「你有想過我在擔心你嗎？我在你心裡算什麼？」

「怎麼扯到這些去？」

秀賢看着他臉上的傷痕，伸出手去摸那些傷口，每一處燙熱的觸感都刺痛着她的心。

「別再打了，好嗎？」秀賢哀求道：「如果你心裡有我，就別再打了。」

「我不打拳，那我可以做什麼呢？」歐陽駿真的不明白，秀賢好像在帶他遊花園似的，上一秒才說他沒聽電話沒在意她，下一秒竟然要他退出拳壇。女人的腦袋到底在想什麼？

「做什麼也好，我們在一起安安穩穩的就好。」秀賢的腦海想什麼？就是將來幸福美滿的畫面而已，而這畫面裡的男主角，不應該是鼻樑斷了，眼瘀臉腫，還只顧着兄弟而忘了自己要去醫院。

「妳覺得做拳手就不安穩？」

「你上次昏迷了半年，今天斷了鼻樑，誰知明天還會傷到哪裡？」秀賢越想越覺得可怕，捉住歐陽駿的手勸道：「其實拳手也不能當一輩子，你是連命都不要，就為了那短暫的光輝嗎？」

「難道妳想我這輩子一事無成嗎？」歐陽駿有點反感，語氣也尖銳起來。

「你也非得要去做拳手，才能有成就吧？」秀賢立即反問。

「那妳想我怎樣？現在說不打了，離開拳壇，然後呢？跟妳窩在寵物店嗎？」

「我的寵物店委屈了你嗎？」

大家都開始意氣用事，歐陽駿知道再說下去必是大吵一場，他也不是存心要傷到秀賢的心，只好自己先收斂一下，緩緩地道：「我意思是……妳認識我的時候，也知道我是拳手，怎麼現在要求我退出呢？」

「我不知道。」秀賢也嘆了口氣：「我只是想……或許你不打拳了，才會懂得愛我多一些。」秀賢也不是想要傷到歐陽駿的心，她只是天真地以為，他們之間的問題只源於歐陽駿過於醉心拳擊而已。

「我愛妳啊！」歐陽駿不想再鬧下去，主動抱住秀賢示好。

秀賢再倔強，也敵不過這三個字的魔咒，只得乖乖地閉上雙眼，再次沉溺在歐陽駿的溫柔之中。這段感情真的很苦，就是越苦，她才越覺得這麼一丁點甜，特別甜。

「你能再在意我多一點嗎？」秀賢撒嬌似的問。

「好，我答應妳。」歐陽駿信誓旦旦地道。可是他根本不知道自己所想像的「在意」，跟秀賢要求的「在意」，有着天淵之別。

＊＊＊

自李承東與King Boxing舉行簽約儀式後，就開始積極地為復出賽做準備，再也沒有踏足過尚武拳擊會一步。剩下歐陽駿一個，孤零零的在武叔的指導下繼續訓練。

「告訴你一個好消息。」武叔神神秘秘地道。

「什麼好消息？」

「我早前替你向Alferdo提出對戰，他們那邊接納了！」

武叔原以為歐陽駿會十分興奮，沒想到他一點喜色也沒有。

「終於可以一雪前恥了？恭喜了！」拳館內的另一個教練收到消息，特意湊近歐陽駿笑道：「不過你那位大哥呢？他怎麼沒來陪練？對了，他要去更大的拳館當一哥了。」

經過上一場拳賽，也許有人改變了對歐陽駿的看法，可是尚武內還有個別的教練，既不滿他，加上對李承東又恨又妒，卻奈何不了，只得對着歐陽駿冷嘲熱諷。

歐陽駿忍着怒火不搭理他，心裡卻有疙瘩。

另一邊廂的李承東自然是天天在King Boxing加緊練習，畢竟他即將面對的拳手，是來自韓國的拳王李宰英，他是少數能打進亞洲拳王寶座的韓國拳手。

「李宰英擅長突襲，爆發力驚人，是個不容易對付的拳手。」魯堅給李承東看了李宰英與不少對手的比賽片段，又加以分析道：「不過他最近沉迷酒色，體力大不如前，正好給你試試手。」

「怎麼我覺得這不是你挑這個人的理由。」李承東接着說：「我好像聽說過，你曾經是李宰英的經理人。」

「那又如何？」魯堅一笑。

「你想讓我收拾他，解解你的氣吧？」李承東開始大膽地推理：「恐怕他沉醉於酒色這種事，也是你設的局，就等他掉入陷阱之後，正好來當我的頭彩。」

「你的幻想力真好。」魯堅沒承認，沒否認。

「我剛巧記得你挺記仇而已。」

「那你還打嗎？」

「我沒證據說是你幹的，怎能不打？」李承東反笑道。

「這世上沒有什麼朋友或敵人之說，只是有沒有利用價值而已。」魯堅拍拍李承東的肩續道：「好好保持着自己的利用價值，才能走到最後。」

李承東笑而不語。

李承東的復出賽在伊利沙伯體育館舉行，那宣傳可謂鋪天蓋地，連平常不太留意其他拳手新聞的秀賢也看到廣告，忍不住讚道：「他們的資源真是好太多了，難怪……」

秀賢及時止住了接下來的話，免得惹歐陽駿不快。可是歐陽駿人就在她面前，哪裡不知道秀賢想說什麼，只得裝作什麼都沒聽到。

最後，歐陽駿不知是出於好奇還是不忿，還是偷偷跑去看了。

這復出賽雖說不上一票難求，但李承東畢竟是久休復出後幾乎打倒菲律賓拳王的人，大家對他滿懷期待，較好的位置早就賣光了，歐陽駿只得坐在較後的位置去。

比賽開始時，李承東榮譽登場，四周的煙光特效做得多麼出色，一束強光聚焦在他身上，那熱身後的微微汗水閃閃發光，歐陽駿卻只能在燈光照不到的位置上，遠遠地看着他的兄弟大放異彩。

這是怎樣的滋味？

擂台上鐘聲一響，比賽正式開始。

一如魯堅所言，李宰英的確是個難纏的對手，出拳又穩又快，這會兒快攻幾拳，拆散你的防線後，隨即就能往你的要害補上重擊，李承東拚了命的防守，才不致於立即被KO掉。

魯堅給李承東的戰術就是消耗李宰英的體力，因此李承東不斷閃躲走位，盡量拉遠戰線，使李宰英每次出拳也得消耗更多的力量，這也比較好防禦，不致於使對手容易得分。

觀眾席上的歐陽駿一直只盯着李承東看。自李承東當年退下火線後，這些年來，歐陽駿都沒有機會親眼見過他在擂台上打拳。上一次李承東跟Aflerdo對打的片段，歐陽駿雖然看過，但沒想到現在的他比那時候更敏捷，更靈活了。

這不像是一日之功。李承東怕是一直瞞着他，早就準備復出。

為什麼？為什麼多年的好兄弟要這樣遮遮掩掩？他是想掩飾自己的野心？還是不想讓歐陽駿知道他變了？

台下的歐陽駿想不通。

台上的李承東卻沒空想這些，他與李宰英的拳賽打到第五個回合，李宰英的動作開始慢了下來，他就知道是反擊的時候了，早幾回合一直留力，就是為了這一刻給李宰英一下迎面的重擊！

砰！

李宰英臉上吃了這份量十足的一拳，整個人重心不穩，應聲倒地，全場人隨着這一倒下而歡呼起來。

究竟李承東會否加添多一場KO紀錄？大家屏息以待拳證的數秒過程。

「一、二、三、四、五……」

李宰英動了！

不愧是韓國拳王，還未數過十秒，他已經站了起來。

魯堅知道李宰英其實只是勉強捱過了那一拳而已，繼續比賽必輸無疑，他就等着看李宰英的職業生涯正式完結的那一刻，才不辜負這些年來的精心部署。

果不期然，李宰英受了這一記重擊後，久久無法恢復精神，後面幾個回合都在捱打，直到最後一回合的鈴聲響起，拳證判定李承東獲勝！魯堅這次一箭雙鵰，自是十分滿意，難得地流露出如沐春風的笑臉。

全場都在歡呼祝賀李承東勝出，只有歐陽駿沉默不語，在一陣喧鬧的氣氛下默默地離開。

沒想到，他在門口碰見了剛出來想要抽根煙的魯堅。

「你來了。」

歐陽駿不想搭理這種無聊的開場白，逕自走開，卻被魯堅攔了下來。

「本來這些掌聲是屬於你的，可惜了。」

「若不是你，我何以如此！」歐陽駿聞言，忍不住激動起來。

「我沒叫你去打黑市啊！」魯堅反唇相譏。

「我當初是這般相信你……」歐陽駿想起往事，不禁怒火中燒。

「當初的一切只是商業決定，沒有任何感情因素。」魯堅淡然道：「現在也一樣，李承東有用，我便重用他，捧他上去；若你有用，我也一樣照辦煮碗。」

「別跟我廢話！」

「上次我看你跟獵豹的比賽，贏得挺漂亮，其實你在尚武也是浪費人生，」魯堅笑道：「你想跟阿東在高峰上相遇，必得跟着我才行。」

沒想到魯堅連這種私人的承諾都一清二楚，更加深了歐陽駿的反感。

「你別做夢了！同一個錯，我不會犯兩次！」

「這不由得你了。」魯堅詭異的一笑，叫人不寒而慄。

「你看着吧！我會打贏Aflerdo，讓你們知道什麼叫做真正的拳擊！」歐陽駿冷冷地睨了魯堅一眼後，揚長而去。

魯堅微笑着目送歐陽駿離開，對他來說，這番話像極了一個幾歲的小孩揚言要打他一樣，叫人從心底裡發笑。想要對付魯堅，這黃毛小子還是太嫩了。

此時，Mr. Johnson走了出來。

「不是說，不打死李宰英也要打殘他嗎？他還好好的活着啊！」

結果不如預期，令Mr. Johnson難免有點質疑。

「我的意思是把他打到退休而已，怎能真打死人？」魯堅笑道。

「才輸了一場，如何退休？」

「我剛剛把李宰英串謀現任經理人打假拳的事洩漏給了各大傳媒，他跟他的經理人是不想退休也不行了。」

Mr. Johnson看着魯堅，不禁敬佩道：「中國人果然是君子報仇，十年未晚。」

「什麼報仇，我只是把黑材料留到最有利的時機，收最大的好處而已。」

Mr. Johnson聞言一笑，魯堅這人可真的不簡單。當年被李宰英背叛，背了黑鍋，打擊這麼大，卻是雲淡風輕的一句話，就把恩仇當成上位的工具。

「不過我還是有點失望啊，」Mr. Johnson嘆道：「什麼殺人鯨，也不過如此而已。」

這番話倒是說到了魯堅痛處，只能強顏歡笑。

魯堅跟李承東練過這次比賽的打法，那一拳打在李宰英的額頭，怎可能倒下去又能站起來？除非李承東是故意留力了……

特訓

SPECIAL TRAINING

ROUND 9

第九回合

比賽後，李承東的人氣如日中天，兩兄弟再沒見面也沒聯絡，多年感情說散就散。日子回復平靜，歐陽駿繼續每天的訓練，只是他的助手變了別人，晚飯也不會再有李承東和曦琳的參與。

歐陽駿的名氣隨着李承東的崛起而滑落，本以為他會實現承諾，多陪伴秀賢，可是他偶爾也會寧願以加操為由，留在拳館裡發呆。

或許，這心情就像失戀一樣，需要時間去消化吧。

越是不想見的人，越是容易見到，就算不是親眼看見，也會聽別人提起、自己想起，分分秒秒提醒歐陽駿不要忘記。現在李承東是King Boxing的生招牌，被魯堅捧成了香港拳壇的領頭人物，還給他開了一條拳擊頻道，又是代言，又是廣告，不斷為他催谷人氣，榨取利益。

李承東代言的飲品廣告鋪天蓋地，歐陽駿恐怕要自殘雙眼才能看不見；好不容易避開不看巴士站牌和車身廣告，手機裡的社交平台又再次見到

他的專訪不停洗板；好吧，不看社交平台，去秀賢的寵物店總可以喘口氣吧！

秀賢剛巧在招呼客人，歐陽駿閒着無聊，便坐在收銀台前，一不留神碰到了滑鼠，電腦屏幕即時亮起來，竟是李承東的youtube頻道！

歐陽駿的臉色登時沉了下去。

「啊！我只是想看看他的粉絲數而已……」秀賢見狀，顧不得還有客人，就像小孩做錯事般，連忙一邊解釋，一邊上前關掉視窗。

「我也有看李承東的頻道啊！他真的很酷！」想不到那客人卻在此節骨眼上狠狠補一刀，秀賢也只有尷尬陪笑的份。

待客人歡天喜地的離開後，秀賢才開口問：「你還在意嗎？」

「在意什麼？」歐陽駿裝作不明所以。

「嗯……沒什麼，」秀賢也不是傻的，立即改變話題：「不如，我們去旅行吧？」

其實秀賢計劃了很久，一直想等歐陽駿有空時，兩個人來一場感情升溫的旅行。現在歐陽駿不像從前一樣忙，也該出走一下散散心吧！

「我還要練習，再計劃一下吧。」歐陽駿斬釘截鐵地拒絕。

「練習也可以放鬆幾天吧？就四天？」秀賢試着撒嬌，討價還價。

「其實……」歐陽駿乾脆出絕招：「我想省點錢。」

尚武還未有能力供養一個全職拳手，歐陽駿目前只能靠着自己的積蓄過日子，說到錢的份上，秀賢也是辯無可辯，難不成她說包下所有費用，歐陽駿會接受嗎？她只能嘟着嘴，自個兒不痛快。

其實歐陽駿並非沒能力去旅行，只是他此刻的心思，已經不在情愛之上而已。

歐陽駿現在反覆練習的，還是李承東留下來的那一套，武叔替歐陽駿訓練了好一段日子，見他如此停滯不前，也感覺有心無力。

「老實說，你現在怎樣訓練也無法有多大的突破。」

「你是說……我就只能到此為止嗎？」歐陽駿心頭一震。

「不，一塊鐵也要遇上優秀的鑄劍師，才能打成名劍。這香港，恐怕沒有能幫得上你的名師。」武叔搖手說道。

「那怎麼辦？」

「去菲律賓吧。」

武叔也是用心良苦，西洋拳是外國流行的玩意，較有名氣的拳手都集中在英美，可是要到外國受訓的話，經費實在難以負擔。然而，曾經是美國殖民地的菲律賓，受美國文化影響甚深，拳擊運動的水平在亞洲區數一數二，加上消費不高，路程又近，絕對是外訓的不二之選。

最重要的是，武叔想要歐陽駿見識另一番天地。

「去多久？」歐陽駿臉有難色。

歐陽駿不是明星拳手，尚武拳擊會也不是什麼有錢的拳會，要是出國受訓，這費用自然是自己承擔，他要先計算一下，要是不夠就只得去籌措。

「別擔心，我會安排你跟一個拳王受訓，他那裡花不了多少錢，我先替你墊着，以後在酬金裡扣就是。」

難得一向吝嗇的武叔如此慷慨，歐陽駿再也找不到任何推辭的理由。菲律賓之旅就這樣定在半個月後出發，為期三個月。

歐陽駿在決定這件事時，根本沒想過要問秀賢，也不覺得需要得到秀賢的同意；於是，當他晚上見了秀賢，提起外訓的事時，秀賢的臉色自然十分不好。

「早前我提議去旅行時，你是怎樣說的？」秀賢冷淡地問。

「旅行跟受訓不一樣……」歐陽駿一臉無辜。

哪裡不一樣？不都是出國嘛！唯一不同的是，有她還是沒有她而已！

「所以，你是有錢去受訓，沒錢跟我旅行……」秀賢最難過的，是覺得男友其實沒有想像般重視她。

「武叔先墊的。」歐陽駿只好拿武叔擋一下。

「你怎麼決定時不先跟我商量一下？」秀賢再另闢戰線。

「我覺得……妳該不會反對吧？」歐陽駿尷尬地笑着。

秀賢一翻白眼，心裡嘀咕：男人啊，這不是反對不反對的問題，而是尊重不尊重的問題啊！好嗎？

「我能跟你一道去嗎？」秀賢委婉地問。

「我每天都要訓練，妳去幹嘛？誰看店了？」歐陽駿連忙反對，又續道：「再說，我不是去遊山玩水的地方，說不定那裡簡陋得連空調都沒有，妳要跟着去受苦嗎？」

「就是地方落後，我更要去照顧你啊！」

「可是萬一妳在那裡有什麼事，我又如何分身照顧妳？」

「你要離開三個月，我在香港有什麼事，你不也一樣照顧不了？」

「至少妳在自己熟悉的地方嘛！能出什麼事了？」

二人你一言我一語的互相反駁了好一會兒，秀賢還是不肯放棄。

「你就這樣捨得我嗎……」秀賢看歐陽駿這般強烈的反對她跟去，更是一腔哀怨的低聲說着。

「我答應妳，天天都給妳發短訊，好嗎？」歐陽駿牽着秀賢的手，鄭重地承諾。

「還要視像！」秀賢扁着嘴，捨不得讓步。

就是這樣，塵埃落定，歐陽駿出發去到菲律賓。

雖然本來就沒打算來享受人生，可是歐陽駿環顧武叔安排的落腳點時，心裡還是不禁暗罵：這是怎樣的鬼地方？

那是一間四四方方，兩邊牆各開了個大窟窿的灰色水泥屋，除了一些殘破不堪的拳套和沙包，基本上什麼設備也沒有。從窟窿看出去，盡是一片半青半黃的草地。沒有空調，也沒有風扇，外面悶熱的天氣彷彿把花草樹木都悶壞了，鼻子裡一陣濃郁的草味。

他站着不動，連風也是熱的，悶得一身是汗。

這是一條寧靜的村落，難得有貴客從大老遠的香港來，沿途男女老幼都對他投以好奇的目光，還有幾個小男孩一直跟着他，直到門外還是賴着不走，展露笑臉打量他，熱情得叫人渾身不自在。

「You are歐陽駿？」

沒多久，一個中年漢走了進來，用英文混雜廣東話問他。

「Yes I am, you are...?」

「I'm Ben.」

武叔說過，他年輕時認識了一個十分厲害的菲律賓拳手，一直保持着十六連勝的紀錄，直到意外受傷後不得不退休回鄉，已經不問世事，難得賣了個人情給武叔，願意出山指導歐陽駿，這個人就是Ben。

歐陽駿打量着眼前的菲律賓中年漢，個子不高，體形瘦削，皮膚黝黑粗糙，看上去竟不像拳王，反更像個會說英文的漁民。

Ben笑着招呼歐陽駿去他安排好的住處，那裡是一間竹子搭成的小屋，大門連鎖都沒有，裡面只有一個箱子，白色的蚊帳圍着一張薄薄的竹蓆便算是床。慶幸的是，歐陽駿抬頭一看，這裡至少還有燈和吊扇。

歐陽駿嘗試開燈，Ben才說這裡不時會停電。連晚上有沒有光都不能指望，更別說什麼Wifi甚至現代馬桶了。

這村落雖然落後，可是每個人臉上都掛着單純無憂的笑臉。以一條漫長的青藍色海岸線為背景，滿村都是竹子搭的屋，四處都是遮蔭大樹，生活簡單而純樸，男人打魚，女人做家務，孩子讀書嬉戲，老人打發時光，人生最美的風景不過如是。

歐陽駿來到這裡，早就料定日子不好過，可是那程度仍然遠超其想像。Ben安排他每天清早跑山，接着游水捕魚，要抓到一定數量的魚才結束。最初，歐陽駿連一條魚都抓不到，整天不能上水，累得在海裡嘔吐大作，可是Ben仍不讓他上岸，直到晚飯才肯給他回來。

本以為晚飯後可以休息，可是Ben還安排了對打訓練。這村子的男人或多或少都跟Ben學過一點拳擊，於是也來幫忙練習。歐陽駿起初以為是平常對打，卻沒想過他們都拿着鈍鈍的短刀，聯手向他要害攻過去，嚇得他只顧閃躲，無法反擊。

「不能躲！想辦法拆解！」Ben喝令道。

「這根本不公平！」歐陽駿也大聲反駁。

「你要習慣把拳頭當作短刀，不要想用手防禦，要想着如何把武器打走！」

在西洋拳擊中，當對手揮拳攻擊時，一般拳手都會以雙手並攏或閃避作防禦，但Ben的要求不止如此，他要歐陽駿拋棄過往的思考習慣，換以徒手對兵器的角度重新熟習防禦機制，這樣他就能在防禦的同時，騰出手來反擊。

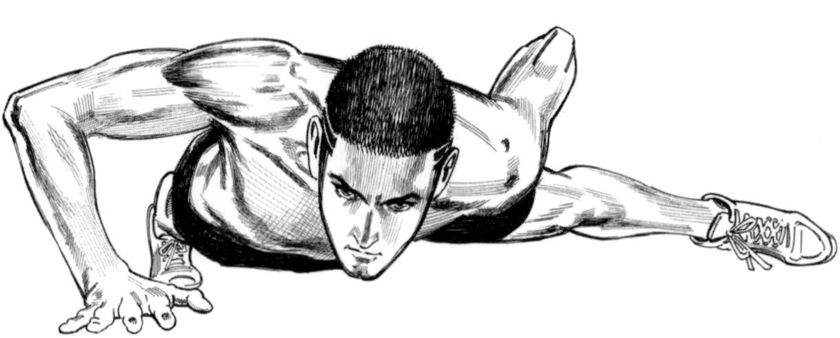

那些短刀看着嚇人，其實根本刺不進身體，不過今天一對二，明天一對五這樣密集的訓練下來，他身上到處都是瘀傷刮痕。

自從來到這荒蕪之地後，歐陽駿幾乎沒有一晚好好睡過，可是他無論多累，也堅持每隔兩、三天就特意跑到可以上網的地方跟秀賢視像通話。

「今天你怎樣？」秀賢每天懸着一顆心，一直盼到看見歐陽駿才定下來。

「沒什麼，天天練習很累人而已。」歐陽駿淡然道。

他不想跟秀賢提起訓練內容，一來怕她擔心，二來是她根本不懂，說了也是白說。

「你要顧着自己身體，別勉強啊！」這些日子，秀賢覺得自己比從前嘮叨了，口吻像個媽媽。

「行了，早些休息吧！」歐陽駿已經累到不行，只來得及說這兩句，便匆匆道了晚安掛線。

秀賢看着手機自己跟歐陽駿的通話紀錄，由他初到埗時每次都有半小時，到最近卻是不到十分鐘就掛線；後來甚至沒有視訊通話，只是撥個長途電話說兩句就完，她從心裡覺得難過。

他是生厭了嗎？

歐陽駿人在身邊的時候，秀賢已老是心神不定；現在人不在身邊，更是沒有安全感，開始胡思亂想。

她哪裡想到，歐陽駿是怕她看到自己身上的傷時更加擔心，才不再視訊而已。

秀賢每天看着行事曆，倒數歐陽駿回港的日子，沒想到原以為漫長又痛苦的等待，竟然會草草結束。

「什麼？」遠在菲律賓的歐陽駿聽着電話，如遭雷殛，整個人都僵着了。

電話的另一端，是武叔的聲音。

「你跟Aflerdo的比賽取消了！」

ROUND 10

第十回合

將軍

CHECKMATE

歐陽駿急匆匆從菲律賓回港，拉着行李直奔尚武拳擊會。

「到底發生什麼事？」歐陽駿自收到武叔那簡短的一句話後，腦袋裡全是問號，他彷彿聽到自己飛快而緊張的心跳聲。

武叔在辦公室裡，長長地呼出一口煙。

「為什麼取消了？」歐陽駿受不了這種不發一言，接連再問。

「你去了菲律賓後，我就開始籌備比賽，拉贊助商，找資金，事情都辦得差不多了，就在前天……」

前天，武叔如常在尚武拳擊會的辦公室內，為這場賽事忙得一頭煙。

「贊助商的商標要再放大一點，對……」武叔這邊拿着電話跟設計師商量海報設計，眼睛卻盯着電腦屏幕上的場地佈置圖，跟身邊的職員道：

「簽名板不是背景板，你是欠打嗎？再弄多一塊背景板來，記者訪問時要用的！」

職員應聲連忙去辦，這時候另一個職員煞有介事的推門而進，直奔武叔身邊凝重地道：「有律師來了。」

武叔讓他們進來的時候，心中升起一股不祥預感。

「你就是尚武拳擊會的負責人？」那西裝筆挺的律師冷冷地問道。

「有什麼事？」

「我們代表Aflerdo向你們提出嚴正聲明，不能使用任何Aflerdo的名字或肖像作牟利用途。」

「你不是說笑吧？」武叔一臉不解地笑問：「他是我們邀請的比賽拳手，

怎能不用他的肖像和名字？」

「Aflerdo並沒有接受尚武的比賽邀請，因此，如你們繼續聲稱他同意比賽的話，我們將會從民事正式向尚武提出訴訟，索償損失。」

「什麼？」武叔簡直不敢相信自己的耳朵：「我們有簽約的！現在是他違約，還惡人先告狀嗎!?」

職員見事態不對，連忙拿出Aflerdo的合約向律師展示。

「你看，你看！」武叔指着合約叫律師看清楚。

「跟你們簽約的代表，早於簽約日期之前已經被解除所有職務，根本不能代表Aflerdo與你們簽約。關於這一方面，我們可以提告你們合謀製造虛假文書、商業詐騙等罪名。」律師看過合約後，竟得到如此結論。

「我們才是受害者！你告什麼!?」武叔聞言更是激動，幾乎是咆哮般替自己辯白。

「這些話，你留在法庭說吧。」

另一把聲音從辦公室大門那邊插進來，武叔幾乎連看也不用看，就認得這令人討厭的聲音。二人碰面，四目相投，一個是笑裡藏刀的魯堅，另一個是強裝鎮靜的武叔。魯堅的出現，使一直百思不得其解的武叔茅塞頓開。

「我應該早想到，是你。」武叔不禁冷笑一聲：「真是好大的圈套。」

「反應挺快嘛！」魯堅上前陪着笑。

「你還親自上陣呢？不像你！」武叔也打起精神，故作風趣。

「沒什麼，我來看看我的新分館是否需要整修而已。」

「還未分出勝負呢……」

「你早在簽約那一刻起已經輸了。」

武叔自認倒霉，竟一不小心就栽在魯堅手裡。

「我猜……要不，你是收買了Aflerdo的前代表來作弄我；要不，你是把人家擠掉了來栽贓我。」武叔冷靜地道：「你弄髒了手就一定有證據可查，只要查出來了，我一定會追究到底！」

「好啊！怕是等你查出個結果前，尚武早已經賠光了錢，關門大吉了。」魯堅續道：「你是拿着Aflerdo的名聲出去談贊助，你覺得如果我高調追究你時，那些贊助商會放過你嗎？」

這番話的確警醒了武叔，魯堅這次擺的局，根本是個死局，武叔一腳踩進去後，就已經無路可逃。

武叔把魯堅的這番話，一五一十跟歐陽駿說個清楚後，不禁深深地嘆了一口氣。歐陽駿也是第一次見到武叔如此垂頭喪氣，無能為力的樣子。

「既然說是合約無效，直接去找Aflerdo本人重新再簽不就行嗎？」歐陽駿嘗試找出路。

「你知道Aflerdo跟魯堅的關係嗎？」武叔慘淡地笑問。

歐陽駿當然不知道，只得等待魯堅解畫。

「Aflerdo的公司老板是Mr. Johnson，這人剛好在阿東對Aflerdo的拳賽後，收購了King Boxing。憑魯堅的手段，說不定現在已經把Aflerdo拿捏在手了。」

怎麼辦？大家也苦無對策。

「我不能再跟Aflerdo比賽……」歐陽駿的腦袋一時間一片空白。

「要是過不了這一關，你也可能不能再在尚武練拳了。」武叔也是一片愁雲慘霧。

「魯堅這個卑鄙小人！」歐陽駿懷着滿腔怒火，衝了出去。

另一邊廂的King Boxing內，李承東剛好練習完畢，準備離開。

「等一等。」魯堅上前叫住了他。

李承東停下腳步，一臉冷漠地等待魯堅開口。

「我給你物色了對手。」

「誰？」

「Aflerdo。」

「什麼時候？」

「兩個月後。」

「那不是阿駿與Aflerdo對戰的日子嗎？」

「正是。」魯堅臉不紅氣不喘，理直氣壯地回答。

李承東的臉上閃過了一下慍色，厲色盯着魯堅好一會兒，本以為他會破口大罵，沒想到他竟然不發一言，挽起袋子就走。

「你沒意見？沒問題？」魯堅反而對李承東的冷靜起了興趣。

「你決定把事情做絕了，就不會有我說話的餘地，大家都省點力吧。」

「沒想到啊！這些年你的確長進了。」李承東比從前更明白事理，魯堅不禁大感滿意。

「不過，我想你大概也很清楚，」李承東神色態度十分認真：「阿駿若有什麼麻煩事，我一定會找你算帳！」

「放心，我不會讓他有事。」魯堅笑着保證。

李承東前腳剛走，歐陽駿後腳就殺氣騰騰的來了。兩個人剛巧在大堂對上眼，可是李承東沒停下腳步，歐陽駿也沒叫停他，就這樣如同陌路，擦肩而過。

「魯堅！」歐陽駿氣得漲紅了臉，尋仇般在拳館內大聲叫喊。

職員見狀，立即上前攔住他，只是不知歐陽駿哪裡來的力氣，幾個壯漢都扯不住。

「讓他進來。」魯堅的助手走了出來，親自領歐陽駿進去。

King Boxing不是一般拳館，這裡是職業拳手的搖籃，只要誰跟不上進度，明天就不會再出現。大家連自己都顧不來，根本沒閒情逸致去管別人的事。除了來攔他的職員外，這裡的人連眼尾也沒有瞄過歐陽駿一下，彷彿他不存在似的。

這就是汰弱留強的世界，曾經也是歐陽駿的世界。

「歐陽駿！回來了？我正愁着是否要去菲律賓找你呢！」魯堅好像重遇故友的口吻，叫歐陽駿十分反感。

「你要對付的目標是我，找人打我就是！為什麼要整死尚武？」

「你誤會了，我的目標不是對付你。」魯堅一笑，接着道：「我是想招攬你。」

「發神經！」

「就知道你不會答應，不要緊。」魯堅自信滿滿地道：「你跟尚武簽了拳手合約，只要我拿下尚武，你也是一樣歸我名下。」

「就是為了拿下我，你要害武叔傾家蕩產！」歐陽駿頓感心寒。

「你也別看得自己太重要。」魯堅不禁一笑：「這純粹是商業決定。這香港有我魯堅在，就容不下武叔摻一腳。」

「看來我找你也是浪費時間！」

「既然來了，看看我們公司的未來大計再走吧！」

魯堅把電腦屏幕轉過去給歐陽駿看，畫面正好是李承東對戰Aflerdo的海報設計圖。

「好看嗎？給點意見吧。」魯堅看着歐陽駿臉色大變，還不忘加鹽加醋：「阿東贏了後，我就帶他去美國挑戰更高階的拳手，他很快就會成為第一個來自香港的國際拳王。你呢？跟着武叔，做個普通的香港拳王？」

歐陽駿看着這海報，就像被海報中的李承東狠狠打了一拳，打得他頭腦發熱，怒火攻心，也顧不上魯堅的冷嘲熱諷，直接摔門而去。

他在街道上一路飛奔，在茫茫人海中尋出了李承東的身影。

「李承東！」歐陽駿彷彿用盡了這輩子的力氣，喊出好兄弟的名字。這名字，夾雜着感情和回憶，現在那些畫面都摔成了碎片，深深地刺痛着歐陽駿。

李承東聽見了歐陽駿的呼喊，心想要來的總該是來了，只好轉身看着曾經的好兄弟發瘋似的衝過來，一把緊緊扯住自己的衣領大吼：「你是不是早就知道？你說！」

歐陽駿如此大的陣仗，嚇怕了街上途人，紛紛走避不及似的遠離他們，圍觀起來。

「你說話呀！」

李承東沒答話，沒承認，沒否認，這一言不發刺激到歐陽駿的神經。

「你真的變了，你竟然跟魯堅狼狽為奸？」歐陽駿起初還是不敢相信，隨後又痛心大罵：「你還配做一個拳手！」

「我的實力，是有目共睹的。」李承東不知怎的，可能是歐陽駿的氣話太傷人吧，竟出言反駁：「Aflerdo也有權選擇自己的對手，你能怪誰？」

歐陽駿聞言，內心的怒火如火山爆發，終於失去理性，揮拳相向！

「特意跑一趟菲律賓，就是學了這些？」李承東的臉被打傷，但他只是隨便揉揉，冷笑一聲之後，也一拳狠狠地打在歐陽駿的臉上！

這一拳使歐陽駿熱血沸騰，二話不說，全力反擊！李承東絲毫沒有退讓的意思，你來一拳，我還一拳，當街就上演了一場格鬥比賽，引得途人側目，舉手機錄影。

魯堅也猜到歐陽駿會鬧事，早已派人追上去，剛巧撞上這一幕，於是King Boxing的職員趁着未驚動警方前，連忙把二人拉開。

「走開！」歐陽駿正打得眼紅，拚命掙扎。

李承東倒是冷靜了下來，擦擦嘴角的血絲，慍色道：「你要打，就上擂台光明正大地打！」

「打就打！我還怕你不成！」歐陽駿終於停下手腳，指着李承東，瞪着眼大聲道：「你要是輸了，就給我滾出拳壇！別弄髒我們的擂台！」

李承東輕蔑一笑，彷彿在告訴歐陽駿別做夢了，他是不可能輸的。

什麼Aflerdo，什麼King Boxing，什麼尚武拳擊會，統統都不重要了，歐陽駿眼前唯一的重要事，就是用拳頭告訴李承東，什麼叫做真正的拳手！

ROUND 11

第十一回合

企硬

WE WON'T BEND

兩個拳手當街扭打的事被途人放上網，紅遍各大社交平台。對尚武拳擊會來說，這真是一個壞得無可再壞的境地。

Aflerdo的檔期被搶走，武叔嘗試換上另一個對手，重新說服投資者和贊助商繼續比賽，可是大家都收到了Aflerdo的聲明信，知道武叔即將官非纏身，誰也不想蹚這趟渾水，還要求武叔賠款！

再加上歐陽駿公然打架的事，要是魯堅追究起來，一切就完了。

尚武的職員看着苗頭不對，也有人偷偷帶着學生蟬過別枝。

武叔獨個兒坐在尚武的擂台上，一臉發愁。

「對不起。」歐陽駿知道自己闖了禍。

「當眾打架，你還算是專業的拳手嗎？」武叔責備過後，一聲長嘆：「罷了，現在說什麼也沒用。」

武叔看着變得空蕩蕩的拳館，悲從中來。

「十年了。我還以為這一輩子都會在拳館裡度過，沒想到竟然留不住……」

歐陽駿聽了這話，自責不已。

「我闖的禍，我會自己負責。武叔，你不能放棄呀！」

「你能如何負責？去坐牢嗎？去破產嗎？」武叔反問。

「我去打倒李承東！」

武叔看着一臉認真的歐陽駿，覺得他真是天真得不可思議，懶得再搭理他，拋下一聲冷笑，悻悻然地踏出尚武大門，道：「你鎖門吧。」

歐陽駿孤身一人緩緩走上擂台，他想不透，怎麼想好好當一個正經的拳手這麼難？非得要爾虞我詐才能爭取到自己想要的東西嗎？是否為了成功就可以不擇手段，拋開自己的專業？

歐陽駿正在思考人生，不知過了多少時候，武叔竟然掉頭回來了。

「你剛才的話，也說得有點道理。」他的神色和剛才判若兩人。

「什麼話？」歐陽駿沒記起自己有說過什麼金玉良言啊。

「我們孤注一擲吧！」

***

日子風平浪靜了幾天，李承東如常早上跑步，中午去健身房，下午回King Boxing練拳，可是今天不論走到街上，還是在餐廳、健身房，甚至拳館，都引來一陣異樣的目光。本來對外人毫不上心的李承東，也不得不大感納悶。

「阿東，進來一下。」魯堅煞有介事地把李承東叫進了辦公室。

「什麼事？」

「看看你的好事。」魯堅把李承東與歐陽駿當街打架的片段放給他看。

「這你不是早知道了嗎？看什麼？」

魯堅沒搭話，接着就播了另一段片。

李承東認得片段內的背景是尚武拳擊會的擂台位置，武叔調整好了鏡頭後，走到鏡頭前坐下，神色凝重地開展了一場獨白。

「如果你們看到了這個片段，很好，我就算是死了也值得。死，真的不誇張，我本想守着這尚武的招牌，安安穩穩的終老，誰想到世上竟有魯堅這種人，顛倒黑白，耍陰招要我傾家蕩產，為的就只是把他手上的李承東捧出頭！我今天就算是要捱告了，要破產了，甚至要被消失了，也想向全世界講一聲，我們不會屈服！」

接下來的戲，就是武叔把他們跟Aflerdo簽定的對戰同意書秀一秀，然後又把自己跟酒店的合約、贊助商合約秀一秀，最後當然少不了魯堅發的律師信。

「對！歐陽駿早前跟李承東公然打架，這不是一個拳手該有的操守，可他也是一個普通人，好不容易從谷底爬起來，滿懷希望地想證明自己的實力，卻生生地被自己的好兄弟出賣，搶走了檔期，他能怎樣？說到底，是我對不起他，是我太無用……」

魯堅看着武叔聲淚俱下，委屈萬分的樣子，不禁深深地皺眉。

「誰是誰非，我們各執一詞，也很難說清楚了。李承東，要是你顧念昔日的兄弟情，就跟歐陽駿堂堂正正地在擂台上，用拳頭論對錯吧！」

片段鋪陳了一大段的悲天憫人，原來是為了用血淚下戰書。

「短短兩天，六十多萬點擊率，我的電話從今早已經響過不停了！」魯堅也是少有的激動：「他們現在是受害者了，多可憐，你說要如何收場？」

「打就打，怕什麼？」

「打？我整盤棋都會被打亂了！」

「既然是不打，你叫我來說什麼廢話？」

「我是告訴你，不要回應任何人，我會出聲明！」魯堅被李承東氣着了，卻無可奈何，只得按捺脾氣幫他善後。

武叔這悲情牌打出以後，訪問排山倒海而來，傳媒一力吹捧尚武這受害者不卑不亢的姿態，同時不斷挖出King Boxing和魯堅的黑材料，坐實了他們財雄勢大，以大欺小的形象，一時間風向全面支持和同情弱勢一方，對King Boxing大大的不利。

魯堅的聲明也不太管用，網民都拿他當作攻擊目標，還有人發起了眾籌，給尚武拳擊會籌了一筆資本舉辦拳賽，要求李承東別再做縮頭烏龜。為了這項眾籌，有人自發寫歌拍了MV，也有人主動拿着「我們都不屈服！」的紙牌自拍，用hashtag接力打氣，宣傳的攻勢一浪接一浪。誰能想到一場普通的拳賽，會演變成弱勢社會對抗惡勢力這種議題？

「他們真的籌足了錢……」魯堅看到武叔的眾籌帖子已經籌到過百萬，不禁大為驚訝。

「萬一尚武還得起賠款的話，我們的部署就功虧一簣了。」他的助手有點擔憂。

「才區區一百萬，只要我們不答應這場比賽，他們想翻身也難了！」

「直接拒絕？」

「不，把事情拖淡就好。」魯堅自信地道：「香港人嘛，無論有多大的事，隔一會就會丟一旁了……」

自此，魯堅面對傳媒和網民的追問，堅決不回應、不評論，事情就拖到了李承東跟Aflerdo的比賽當天。

「你也不是頭一次跟Aflerdo對賽，聽我說的去打就可以。」魯堅在休息室對李承東作最後囑咐。

多年以來，魯堅這位經理人一直順風順水，靠的不光是實力，還有情報。他知道要跟誰對賽後，不但會翻看對手的所有拳賽片段，還會收集有關他的所有資訊。例如，魯堅從Aflerdo的舊經理人口中，得知他後手受傷的事。

一個拳手在比賽時擺的架式都是一手在前，一手在後，前者主要作用是刺探，真正發出重拳的往往是後手，因此後手所承受的反作用力更大，更容易受傷。

雖說這種傷也很普遍，不過魯堅準確地掌握到Aflerdo傷在哪個位置，就教李承東針對他的後手打，讓他傷上加傷。

李承東再次踏上澳門威尼斯人酒店的擂台，再次挑戰同一對手。只是現在的李承東已不是當日的李承東，無論是體力上、心態上、戰略上，經過魯堅一連串的調整後，都已經煥然一新。

「Hey, coward!」

Aflerdo左手擺前，右手擺後，態度十分傲慢，想博得李承東生氣而犯錯，速戰速決。

李承東沒心思管他說什麼，第一拳就往Aflerdo的左手揮過去，當Aflerdo閃避後右手準備發力反擊之時，李承東的另一隻手已經出拳，與他的右手正面交鋒！

「格！」台上傳來清脆的聲音，來自Aflerdo的右手，隨之就是Aflerdo的一聲慘叫。

誰說只有Aflerdo想要速戰速決？李承東這一重擊，殺了Aflerdo一個措手不及，自是不容他有喘息的機會，繼續往他的弱處進攻，Aflerdo顧不上反擊，只能防守，吃了好大的虧。

不過Aflerdo也不是浪得虛名，右手傷了，他就轉用左手進攻，減少李承東打到他右手的機會，不求KO，想要靠得分取勝。

這一轉變可不簡單，他必須調節整個步伐和節奏，以加強左手出拳的力度。可想而知，Aflerdo不是傻子，對於這種對手，他有做足功課。

不過魯堅更不傻，他知道Aflerdo的脾性決不會輕易投降，也估計到他會轉用左手作主力攻擊，手一變，步伐跟着改變，無疑就會削弱了自身的優勢，正中魯堅的圈套。

李承東不斷出拳想要攻擊Aflerdo的右邊，Aflerdo下意識去擋；李承東又故意露出空隙給對手揮拳，想要利用快速攻防，製造步伐錯亂的機會。Aflerdo知道李承東陰險的用心，卻礙於手上的傷無法解困，只有盡力防守的份。

又過了一個回合，Aflerdo漸漸覺得右手已沒那麼痛，於是打算兵行險着，一拳了結賽事，卻徹底跌入了魯堅的陷阱中。

李承東一直留力，就是等待Aflerdo再次右手出拳！

Aflerdo當然不會以右拳作主力，但他想要擺脫李承東的攻勢，就要令對方知道他的右拳仍然有威脅。李承東也故意留了空隙讓Aflerdo打出右拳，這樣他便可以狠狠地再次往Aflerdo的傷勢攻過去！

這段日子，李承東就是集中練習攻打Aflerdo的傷患！

像Aflerdo這樣經驗豐富的拳手，自然每一拳也留了個後着。他揮拳時已看穿了李承東在打什麼主意，立即改變了方向迴避李承東的攻擊，可是李承東的拳路密不透風，這一拳只是個幌子，他就是在等Aflerdo重心不穩的那一刻。

Aflerdo迴避攻擊時，一時間步伐亂了，跌了一腳，李承東眼明手快，立即以另一隻手向Aflerdo的臉送上重拳！

「這一拳還給你！」

砰！

李承東一拳正中Aflerdo的下顎，Aflerdo隨即被打到晾在繩角上，卻並沒有如魯堅所想像般倒下來。Aflerdo連忙站起來想要反擊，就在此時，拳證卻暫停了比賽！

原來Aflerdo被李承東打掉了牙，口中血如泉湧。按拳例，如果拳手受傷，流血不止，或經判定不能繼續作賽，都要終止比賽。李承東已然把Aflerdo的下巴打歪，牙都掉了出來，不得不宣判，這場比賽是李承東技術性擊倒了Aflerdo！

李承東贏了！Aflerdo則徹底成了棄卒，完了！一場比賽，不止分勝負，還是人生的分水嶺；一個人往上走，另一個人必得往下走了。

拳證舉起李承東的手，宣佈他獲勝的一刻，台下一片如雷轟動的掌聲之餘，還有一陣浪濤般湧來的騷動聲！

李承東循聲望過去，竟是武叔帶着幾個烏合之眾，在場內拉起橫額，上寫着：「縮頭烏龜泯滅良心」八個大字！

「李承東，敢做不敢認！」

「李承東，無恥！King Boxing，無恥！」

「我們不屈服！」

在武叔與其他人的呼喊聲中，歐陽駿也從人堆中慢慢走了出來，與擂台上的李承東怒目對視。

觀眾反應不一，嗜血如命的狂徒高呼打死對方，伸張正義的人為歐陽駿打氣，也有看不起弱者的人叫歐陽駿滾蛋，雜七雜八的聲音從四面八方淹過來，可是這兩人充耳不聞。

記者們自然不會放過如此話題性的一刻，連忙衝到李承東面前搶着問：「歐陽駿現在公然下戰書，你會接受挑戰嗎？」

此時魯堅也衝上擂台，跟李承東耳語道：「別亂說話。」

「比賽的事，留給老板決定。」李承東最終只能如此回應。

「你們是怕一旦公開比賽，就是代表你們承認了尚武的指控嗎？」

「不是事實的事情，我們不作回應。」魯堅一面把李承東推走，一面阻攔着記者。李承東匆匆忙忙地下台，在走進後台前的一刻，仍然看到歐陽駿的目光一直盯着他不放。

那眼神裡充滿了怒火之餘，或許還有更多的傷心和失望吧。

可是，又有誰看得穿李承東的內心，是多麼的無奈，只得在四下無人之時，才能抱着頭沉溺愁緒？

比賽完結後，魯堅終於有空騰出手對付武叔。什麼民意，他根本不怕，只要把武叔徹底擠出拳壇，勝利還是在他這一邊的。

「叫律師來開會。」魯堅彷彿是剛熱好身的拳手，現在戴上拳套準備出賽。

「Mr. Johnson 找你。」事不湊巧，助手剛想打電話，老板就打過來了。

「我今天跟朋友吃飯提起King Boxing，你知道他們說什麼嗎？」Mr. Johnson的語氣不太好。

「聽上去，不像是祝賀我們打贏比賽。」魯堅淡然道。

「他們說，King Boxing是黑社會。」Mr. Johnson笑道：「現在全香港都在說三道四，有什麼時候比現在辦一場比賽更矚目、更賺錢？」

「他們就是想藉此機會翻身，我不會上當。」

「你那條殺人鯨是廢物嗎？」Mr. Johnson忽然大吼一聲，又道：「穩贏的仗，為何不打？」

「無論勝負，他們都賺盡了光環，我們會輸形象的。」

「這社會誰不是追着血腥，一邊說可怕一邊偷看？什麼形象！把歐陽駿打死了，他們有再多的光環也沒用！」Mr. Johnson冷冷地道：「除非殺人鯨是吃素的，那我養他做什麼？我養你又做什麼？」

Mr. Johnson說話不帶一點情感，彷彿在談論他家中池塘裡的一條魚，農場中的那隻豬。

「那是他的兄弟……」就連魯堅也有點猶豫。

「你不是本事很大的嗎？我不管你怎樣做，我只要結果。」Mr. Johnson說畢就掛了線，完全不給魯堅反對的餘地。

這世道就像一盤棋，一層盤剝着一層，只不過最低層的芸芸眾生，是否真能像棋盤裡的兵卒一樣，憑一己之力吃掉帥將？

第十二回合 ROUND 12

僵局 IMPASSE

「你們真的要打了？」

秀賢從網上看到了King Boxing的聲明，本想第一時間打給歐陽駿問個明白，可是歐陽駿也許太忙了，沒聯絡上，秀賢得等到晚飯時間才能當面確認。

「是啊。出席發佈會後，我就要回菲律賓繼續訓練。」

歐陽駿腦子裡想的都是拳賽，沒有注意秀賢此刻的心情。秀賢也沒有再說話，只默默地吃着面前的晚餐。

兩個人靜默無語，歐陽駿卻一點都察覺不了氣氛不對勁。

「飽了沒？」歐陽駿把冰檸檬茶喝光了，看秀賢沒在吃，便拿起帳單打算離去。

「你有想過我嗎？」此時秀賢才開口，這聲調，十分蒼涼。

「妳怎麼啦？」歐陽駿不明白秀賢的意思。

「我是最後一個知道你從菲律賓回來的人，李承東接受了你的挑戰也好，你要回菲律賓受訓也罷，你都沒有第一時間親口告訴我，我還是你的女朋友嗎？」秀賢再也忍不住壓抑了許久的愁緒，質問道。

歐陽駿也不知該如何反應，道歉嗎，可這事出突然，他自覺無辜；反駁嗎，卻心知他說什麼大道理也沒用。他只能頹然陪秀賢坐着，重重地嘆一口氣。

「我答應妳，這次回來，第一時間去找妳。」歐陽駿避重就輕地哄着秀賢。

「你知道我惱你什麼嗎？」秀賢冷笑一聲，問。

歐陽駿很想回答她，不，他並不知道，也不想知道。現在的他只想好好地，專心地應付比賽，妳能不來煩我嗎？可是，他不能說這種話，一旦說出口，準惹來更大的麻煩。

「我真的很討厭你這種沉默。」秀賢看着不發一言的歐陽駿，恨不得給他一巴掌。

「妳想我怎樣？」歐陽駿也忍無可忍地反問。

「我原以為，兩個人一起，什麼好事壞事也會第一時間告訴對方，事無大小一起商量，互相考量對方的感受，決不委屈了誰。」

「這些事，妳一直都在看着啊！妳是看着我一路走到今天的人，怎麼妳就不懂我呢？」歐陽駿反問道。

「對！我是在看着，可我沒有參與過！」秀賢委屈地說：「你的人生，我也只是在看着而已！」

「妳到底想要如何參與才滿意？」歐陽駿開始煩躁。

「你要跟李承東比賽，有跟我商量嗎？」

「商量什麼？」歐陽駿皺眉道：「我是個拳手，跟誰比賽也要先問妳嗎？」

「別人也算了，但李承東不一樣！」秀賢哀怨地問：「你覺得被背叛，你心裡難過，你生他的氣，有想過跟我分享嗎？」

「我不想說。」

「是啊，你連他曾經在台上打死人也沒有想過跟我說。」秀賢幽幽地問：「你知道我這心裡有多害怕嗎？」

歐陽駿聽了這話，竟是一度無話可說。

「妳想我說感受，那妳知道我最難過的是什麼嗎？」歐陽駿緩緩開口問。

「你覺得我煩了吧。」秀賢冷笑道。

「不，」歐陽駿話裡夾雜着心酸：「我最難過是妳沒有相信過我的能力。」

秀賢整顆心彷彿停頓了一般，千言萬語卡在喉嚨裡，迫得她只能閉上眼睛，忍受痛苦。

「算了吧。」秀賢投降了：「你一切小心吧。」

這頓晚飯，結果不歡而散。歐陽駿明知秀賢不開心，可是他管不了這麼多，反正來日方長，待他打完比賽後慢慢補償吧。

次日，歐陽駿就坐上武叔的順風車，前往舉行新聞發佈會的酒店。

「待會李承東那邊，應該會鬧點氣氛來製造話題吧。」武叔負責駕駛，可是他也不太記得路，總是盯着導航。

「無聊。」歐陽駿顯得有點不屑。

「你不想被人利用，別理他就是。」武叔向歐陽駿笑道。

武叔的座駕在大直路上行駛，沒想到就是這一剎那的分神，剛好有一輛汽車從旁邊的小路衝出，武叔收掣不及，兩輛車直接撞上！

吱吱！

一聲尖銳的剎車聲響徹雲霄，也無法挽回這場車禍。車廂內的武叔和歐陽駿還未意識到這場意外，就被巨大的衝擊撞得暈頭轉向，眼冒金星！

「阿駿，阿駿！」

武叔的大聲呼喊終於把歐陽駿喚醒過來，他好不容易從一片暈眩中撐開雙眼，就看見是眼前的救生袋救了他一命。

「你有沒有事？」武叔緊張地問。

「好像沒有……」歐陽駿嘗試活動四肢，感覺沒大礙。

「那就好……」武叔鬆了一口氣，接着道：「出了這種事，你還是先去會場吧。」

「還去？先追究一下賠償吧！」歐陽駿往武叔的方向看出去，碎裂的車窗外，早已不見肇事車輛的影蹤，留下的只是凹陷的車廂和撞彎了的門。

「我的腿卡住了，無法追出去追究。」武叔還在打趣笑道。

「什麼？」歐陽駿大吃一驚，連忙拿起電話報警。

「我剛打了，」武叔停下歐陽駿的動作，認真起來：「別遲到了，快去！」

「什麼發佈會，我才不管！」歐陽駿吼道。

「聽話！去！」武叔也跟着怒吼起來：「尚武只能靠你翻身了！」

歐陽駿心裡很想留下來，陪着武叔也好，幫他做什麼也好，可是理性不斷告訴他，只有去會場，才是真正幫到武叔的事情，此刻歐陽駿只能忍痛下車，飛奔去會場。

歐陽駿一直跑，跑得整個人熱血沸騰，怒火更是高漲！

新聞發佈會場內，King Boxing的團隊早就到了，李承東和魯堅安坐台上左方，記者也陸續進場，唯尚武的人卻一個也未見。

記者在台下等得有點心急，台上的司儀也只好隨便找些話題打發時間。

「他們該不是心虛，不來了吧？」魯堅扮作風趣地笑道。

「李承東！」

大門被狠狠打開，一身大汗，滿心怒火的歐陽駿衝上了台，直接走到李承東面前。李承東也毫不畏懼地站起來，兩兄弟怒目對峙，惹來台下的快門聲此起彼落。

「你們千方百計阻止我們出賽，還故意撞我們的車，想弄死我們！」歐陽駿的指控引來台下一片嘩然！

「什麼？」李承東一頭霧水。

「我沒有死，你們是否很失望？」歐陽駿故意湊到李承東面前道，二人幾乎是身貼身。

「夠了，」魯堅站了出來拉開李承東，走到歐陽駿面前，道：「扮可憐博同情也要有限度，自己撞車了，就來誣衊我們，天知道你們是否故意的？」

「你說什麼？」歐陽駿竭力按捺自己暴怒的情緒。

「你說撞車了，怎麼你一點事都沒有？」李承東插話道。

「你還有人性嗎？武叔現在還在現場，腿被夾住了出不來啊！」歐陽駿想不到這種涼薄的話，竟出自李承東的口，對他更是失望。

「這問題應該問你自己。你為了出風頭，連教練受傷也不顧！」李承東加重了語氣，彷彿也在憤怒。

「到底是誰為了出風頭，弄得武叔如此田地!?」歐陽駿忍無可忍，抓起了李承東的衣領，想要大打出手！

幸好李承東身後有一堆助手，見勢色不對，連忙上前分隔開他倆，才不致讓拳賽提早舉行，便宜了記者。

「你走着瞧！我一定會在台上打敗你，為武叔報仇！」歐陽駿一邊被扯開，一邊還不忘大聲喊道。

***

幾天後，歐陽駿又再次回到菲律賓那刀山火海去，可是他這一次帶着怒火而來，誰也不敢惹他。

「我要一拳KO李承東的方法。」

歐陽駿跟Ben只說了這句，除此之外，就再也沒說過話了。

歐陽駿走後，秀賢在自己的寵物店裡發呆。她記得，曾經有過平淡的每一天，這每一天中，歐陽駿也會經過她的店，或者走進去跟她買東西，聊聊天，那日子是多麼的溫暖。

不比現在，歐陽駿帶走了她的心，留下了她的軀殼在店裡面對孤寂。

之前歐陽駿在菲律賓的時候，還能堅持給秀賢打電話，這次就不一樣了，為了打敗李承東，歐陽駿只能加緊訓練，根本沒空談情說愛，隔空報備。

這陣子，歐陽駿已經慢慢掌握到拆擋對手來拳的技巧，反應也快了不少，接下來Ben終於親自下場跟歐陽駿對打，才幾拳便直接把他打暈，卻還要他立即站起來，不許倒下去。那幾天，歐陽駿一整日都是雙眼發黑，頭昏腦脹，不知自己到底是如何捱過去的。

「你要學會就算暈了也能使出有效攻擊！」

在拳擊的世界裡，沒有什麼遇神殺神的必殺技，只有按拳手的擅長領域加強根基，再視乎對手的作戰方式作針對性練習。Ben要求歐陽駿即使被打暈了頭還能立即反擊，以攻擊作防禦，這一來是一種氣勢，二來是一種耐打的本事，就是專門針對李承東而設的作戰策略。

如是者，歐陽駿每天倒地又爬起，被打後立即揮拳還擊，一整天下來，累得一攤上床就不省人事。現在的他，不管是病了還是累了，就算雙眼矇矓，只要一感覺到拳風，就會下意識地一拳往死裡揮過去。

「你現在怎樣？」秀賢這些天都沒收到歐陽駿的電話或短訊，除了掛念，更是擔憂，拿着電話每隔一陣子就看一看，只為了捕捉那一刻「在線上」的狀態。

可惜他的狀態一直停留在數日前。

他是病了？傷了？進了醫院？還是……

各種可怕的想法在秀賢的腦袋裡轉過，困擾得無法安睡。歐陽駿是生是死，有誰還能給她一個答案？

有了！武叔！

那天的車禍幸好傷得並不嚴重，武叔休養了幾天就能回尚武工作。秀賢趁着帶街霸散步的時間，順路慰問武叔兼打聽一下男友的近況。

「放心吧，他死不了的，下個月不就回來了嗎？」武叔看着一臉落寞的秀賢，不禁安慰她道。

秀賢點了點頭，微微一笑，拖着街霸離去。

丟了魂的秀賢在街上漫無目的地走着，低頭聽着紅綠燈的「嗒嗒」聲，緩緩走過馬路，忽然一輛小巴呼嘯而至，強勁的響號聲如怒吼般衝進秀賢的耳朵，嚇得她反而站在原地動也不動！

眼看快要撞上，秀賢只懂得緊閉眼睛，手上牽着街霸的繩子卻一個勁兒地往後拉，把秀賢拉後了幾步，跌倒在地。

那千鈞一髮之間，小巴及時剎停在秀賢身邊，若不是街霸把她拉後一步，恐怕就真是要撞上了！

街霸搖着尾巴走到秀賢身邊，用鼻子狂嗅她的臉，彷彿在查問她有沒有受傷。

秀賢雖沒有撞倒，卻因為這一拉扭傷了腳，坐在地上動不了。

「妳瞎呀？紅燈還走出來！」小巴司機見她沒事，咒罵上兩句。

街霸好像懂性似的，焦急地圍着秀賢走來走去，想知道她為何不起來。

秀賢看着貼心的街霸，忍不住緊抱着牠，哭了起來。

ROUND 13

第十三回合

反擊

FIGHT BACK

耀眼的陽光灑在途人頭上，蒸出滿頭汗水，隨着熱浪一起升騰。炎炎夏日，早被曬成朱古力膚色的歐陽駿卻是滴汗不流，悠然拉着行李喼，往秀賢的寵物用品店走去。

闊別兩個月，不知秀賢過得如何？之前秀賢留言說過自己要搬舖，病了，可當時歐陽駿困在地獄般的特訓中，根本無暇回應，慢慢地秀賢也沒怎麼留言，只說自己都好，歐陽駿心想，自己反正都快回去了，便打算給她驚喜，好好地哄她。

歐陽駿在腦海裡不斷幻想着，自己突然現身在秀賢眼前時，她會有什麼樣的驚喜反應？想着想着，忍不住傻笑起來。

沒想到，秀賢比他早一步留下驚喜。歐陽駿見店門緊閉，窗內漆黑一片，正納悶之際，才留意到門前貼上了新店地址。

什麼？才兩個月就搬了？

歐陽駿急不及待跑到隔一條街的新店，秀賢就蹲在那兒整理貨架，看來是剛剛才搬的，貨件散亂一地，撲鼻都是刺鼻的油漆味和天拿水味。歐陽駿站在大門前，擋住了熱烈的日光，一個修長的黑影從他腳下延伸到秀賢身上，就像一個沉默的擁抱。秀賢留意到光線的變化，轉身一看，四目交投，卻沒有像歐陽駿預期一般，流露出興奮和思念的目光。

「你胖了。」秀賢打量了他一會，展露出一種五味雜陳的笑容。

她沒有抱怨，沒有令人尷尬的寒暄，沒有久別重逢的哀愁，只說了一句不着邊際的話。

「搬舖這樣的大事，怎麼不等我回來商量一下？」秀賢的冷淡，比起抱怨更可怕，叫歐陽駿深感不妙。

「我想等的，只是……」秀賢苦笑着：「現實不等人啊。」

歐陽駿也不知該說些什麼，氣氛就此僵着了。

「對了，街霸在收銀台下的籠子裡，你自己帶牠回去吧，我不太方便。」

此時秀賢緩緩站起來，歐陽駿才看見她打了石膏的腿。

「什麼回事？妳發生了什麼事？傷勢如何？」歐陽駿大為緊張，立即上前關心地查看。

「沒事。」秀賢淡然笑着回應。

「醫生怎樣說？」歐陽駿牽起她的手，不死心地追問。

「只是小事而已。」秀賢假裝在忙，借機鬆開了手。

「這是小事，什麼是大事？」歐陽駿緊張得動氣起來。

秀賢定睛看着他。

「我也想知道，我到底要發生什麼事才能讓你覺得是大事。」

秀賢忍了很久，壓抑了很久，才忍不住爆發了這麼一句話。她不是在找說話傷害歐陽駿，她只是把自己每天在想着的那句話說出口，說給自己聽，讓自己痛。

歐陽駿看着秀賢，滿腹的委屈，可是他也知道自己做得不夠好，只好嘆了一口氣，把她擁入懷中。

「對不起，我回來了，我答應妳不會再這樣，好不好？」

他原以為秀賢很易哄，只要道歉，她就會原諒；只要低頭，她就會軟化。可是這一次，她真的太傷心了，不知哪裡來的力氣，強橫地把歐陽駿推開。

「你知道這段日子，我是如何過嗎？」

「那麼，妳又知道這段日子，我是如何過嗎？」歐陽駿反而咆哮着。

「我不知道。」秀賢冷冷地道：「因為我不在你身邊，你也不在我身邊。」

「妳在香港有生意要兼顧，我有目標要去實現，這短暫分開一下而已！有需要這樣嗎？」歐陽駿的情緒隨着秀賢的冷淡急速升溫，變得躁動。

「我可以為了陪在你身邊，把寵物店關了也不在乎，可你呢？你願意為了陪在我身邊，什麼都不要嗎？」秀賢累了，這一點一滴小小的傷害，終於把她的心撕成碎片。

「我沒要求妳這樣做。」

「現在是我對你有要求嗎？」

「妳若不是有要求，現在又抱怨什麼？」

歐陽駿或許覺得，此刻的秀賢不講道理，所以他必須保持理性，讓對方明白自己的想法錯了。只是他並不知道，若要講道理，女人就不會談戀愛這麼傻了。

「我們的愛就是這樣的不對等。」秀賢一個苦笑，續道：「為了你，我有事無事早走遲開，你有沒有一刻打算問問我，寵物店如何？」

「難道我不問，妳就不可以主動告訴我嗎？妳到底想怎樣，是不是該坦白跟我說？」

歐陽駿真的，真的，不明白女人為何老是要別人猜猜她腦袋在想什麼。

「別人提要求才去做的，就不叫愛情了。」

「妳究竟想要的是愛情，還是我？」

「到底是我重要，還是拳擊重要，你又有想過嗎？」

歐陽駿默然了。秀賢也是。

或許他們也在摸索自己內心真正渴求的是什麼，或許他們只是在挑戰對方的底線是什麼。他們自己也搞不清楚，為什麼談個戀愛會這麼累人。

「你平安回來就好，其他的，以後再說吧。」

「那……我幫妳收拾吧。」

「不用，我自己來。」

秀賢繼續默默地收拾着身邊的貨品，歐陽駿只能默默地陪在她身邊，看着她，卻什麼也做不了，他討厭這種無力感，偏偏面對愛情，他就是這般無能為力。

由那一天開始，秀賢變得越發冷淡，往往一句訊息也不回，甚至約她見面也是借故推託。歐陽駿知道自己得罪了女友，而且得罪得不輕，自己卻又不能輕易走開，只好勤快地發短訊，希望哄回秀賢。

現在歐陽駿總算如秀賢所願，給她不斷發短訊，可是秀賢最重視這些事情的時期已經過去了。她只覺得，原來歐陽駿也是可以對她勤快些，只是從前沒有危機感，就不會做而已。

原來，只要她原諒了，投入了，這一切又會回歸當初，歐陽駿又會把她丟到一旁。

她再也不想被丟一旁了，因此，她開始冷淡了。

歐陽駿沒空，秀賢沒所謂，也不會特意跑去拳館等他了；歐陽駿有空了，秀賢也得看看自己有沒有空，現在她報了些課程，收了舖就去學做甜品，學做麵包，又學泡咖啡，忙得很。要是兩個人都有空了，就找個地方吃飯吧。

歐陽駿知道秀賢變冷淡了，可是這種冷淡帶來了生活上的平穩，反而對他訓練有利，只要秀賢還未離開他，他就在見面的時候加把勁地哄着，想拖到比賽後才修補。

他現在學會送花，學會了弄點心思，送小禮物給她，也能逗她一笑。

可是秀賢已經感覺不到當初的愛情了。

＊＊＊

歐陽駿與李承東的大戰之日越來越迫近，雙方也在加強操練。

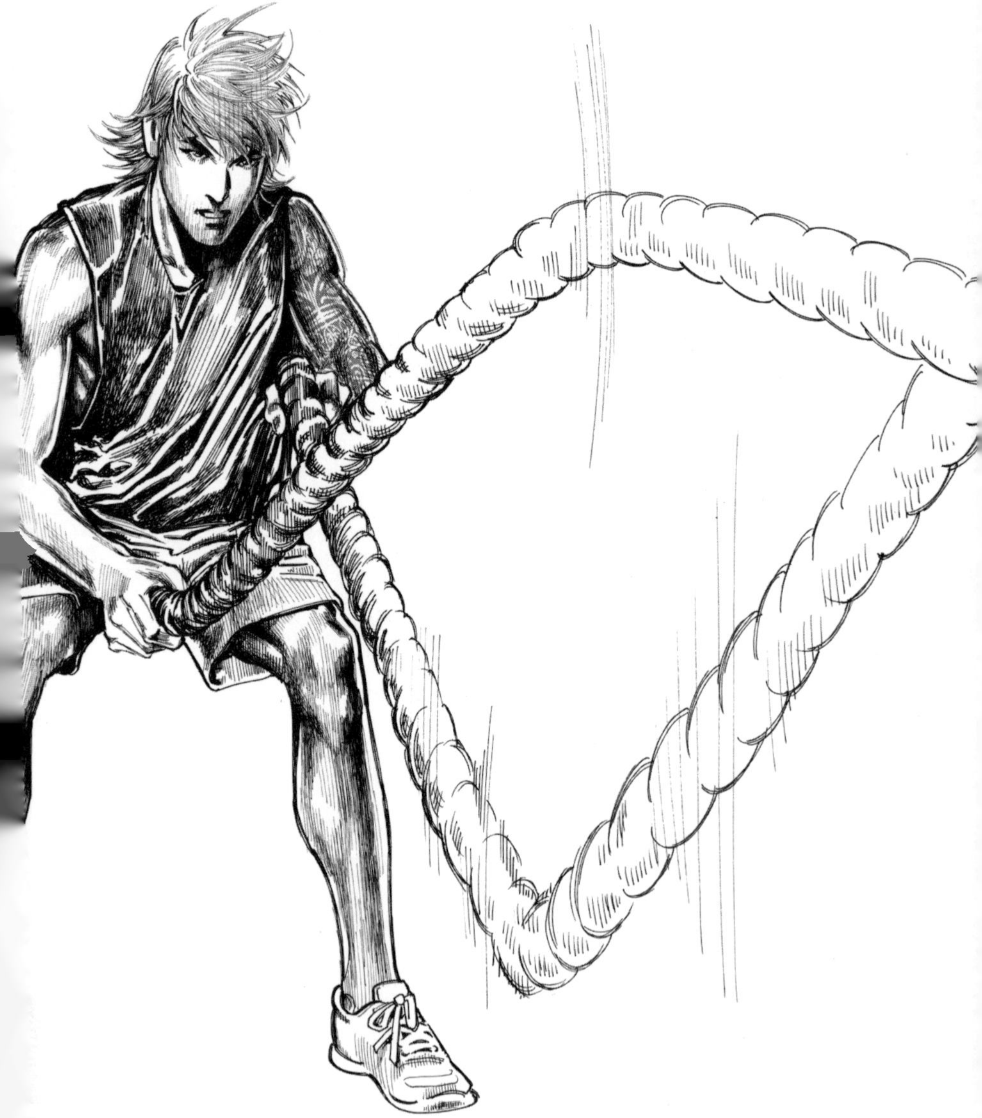

魯堅一如以往的安排了線人，在拳館裡打聽歐陽駿的操練情況，得知他現在比以前強多了，也費了些心思給李承東加操。

「把你的左勾拳練好，還要舉重。」魯堅吩咐道。

李承東也不再問，直接按他的說法去做。練了一百遍，力量不夠，再練；練多一千遍，有時出拳偏了，再練；練到一萬遍，拳拳的力度和準確度都一致了，才叫完成。

「這不是左勾拳。」李承東跟着指示練習過千遍後，喘着氣說道。

魯堅又是一個詭異的笑臉。

這的確是勾拳，不過一般的勾拳，屈肘角度不得超過一百三十度，魯堅要求的這招，屈肘角度卻超過一百五十度，它的重點是出拳力量大，要是打在下巴最脆弱的位置，輕則碎骨，重則致死。

「就算他練了鐵布衫，也是個血肉之軀，我要你徹底把他的下巴打掉。」

李承東再次站起來，繼續往死裡練習。魯堅看他如此順從的模樣，不禁對比賽充滿信心。

「現在再練一招拆擋，幫你的左勾拳製造空隙。」

李承東聽到「左勾拳」這三個字，只是嘴角微揚了一下。

另一邊廂的歐陽駿為了比賽也苦練得差不多，他知道李承東是個力量型的拳手，之前與Aflerdo這種同樣是力量型的拳手比賽，自然是誰的拳頭硬誰贏，這才讓魯堅想到先把Aflerdo拳頭打掉的壞主意。然而，歐陽駿是個彈跳靈活度高的拳手，面對力量型就要動腦筋，不能硬碰。

「好像很久沒見過你女友來了？」武叔在閒時探問道。

「她在忙。」歐陽駿笑道。

「我還以為她很閒的呢！」武叔跟着開起玩笑。

歐陽駿臉上陪着笑，心裡卻笑不出來，他也很懷念從前秀賢會來拳館等他的日子。

比賽前一晚，歐陽駿約秀賢吃晚飯，秀賢穿了運動服出來，默默隨他去茶餐廳。

「明天我要一早準備，妳自己先吃點東西再去會場吧。」歐陽駿徐徐地交待着。

「嗯。」秀賢卻是淡淡地敷衍。

「妳看看手機，」歐陽駿給她的手機發去一張圖片：「我答應妳的，之後就陪妳多一點。」

秀賢緩緩地打開手機一看，那圖片是比賽後一星期往日本的電子機票。

歐陽駿期待着秀賢有什麼感動或開心的反應，卻是沒有，什麼都沒有。

「妳……沒空？」歐陽駿探問。

「我不知道。」

「不要緊，若真的沒空，可以改期的。」

「你明天的比賽要緊，這事之後再說吧。」秀賢微微一笑道。

歐陽駿直覺覺得，秀賢的舉動很奇怪。

「明天，妳會來的吧？」

不知何時開始，他們之間就有了這種不安感。

歐陽駿期待着答案，可是秀賢一直沉默。

「妳就來吧，我有驚喜給妳。」歐陽駿特意牽起她的手，哄着她。

秀賢微微一笑，點點頭，歐陽駿也就心安了。

＊＊＊

「歡迎來到亞太區拳王爭霸戰！今天是一場兩位香港拳王的對決！首先我們請出紅方的亞太區拳王，體重五十五公斤，七戰五勝兩負三KO的殺人鯨——李——承——東！」

紅館內萬人空巷，歡呼聲吶喊聲四方八面而來，迎接李承東出場。他每踏一步，台側隨即爆出紅色的煙花，隨着閃亮的紙碎直奔上天，煙霧與紙碎徐徐飄下。

「接着是藍方的挑戰者，體重五十五公斤，八戰八勝零負四KO，戰馬——歐——陽——駿！」

台側同樣爆出藍色的煙花，歡迎着神色凝重的歐陽駿。

兩兄弟頭一次在擂台上碰頭，卻是仇人見面，份外眼紅的模樣。一方是冷眼如霜的李承東，另一方是殺氣騰騰的歐陽駿，各自在一端磨拳擦掌，狠狠的盯着對方，比賽還未開始，二人的眼神已經在打架了。

歐陽駿一看見李承東，就想起了武叔受傷的畫面；一想起武叔，就更痛恨李承東這見利忘義的東西！歐陽駿怒目而視，李承東卻不以為然，彷彿是獅子正在看着自己的獵物一般，不帶任何情感。

他們都深知這可能是唯一一次同台較勁的機會，不是你死，便是我亡！

觀眾光看台上二人對峙已經夠精彩，被他們的情緒感染得熱血沸騰。武叔在台側憂心忡忡地看着，相反魯堅卻擺出一副等看好戲的樣子。

比賽隨着鐘聲響起而開始！

歐陽駿看着李承東的臉，想起他如何搶走自己的對手，如何弄得尚武面臨絕境，還害得武叔受傷，一腔怒火在拳頭上爆發出來，率先大吼一聲，瞪着一雙滿佈紅絲的眼睛，向李承東發動連環快打！

「好快！」旁述顧不得花巧的描述，只能跟着觀眾一同驚訝。

李承東雖然擋下了不少攻擊，卻始終追不上歐陽駿的致命速度，硬生生吃了幾拳，歐陽駿最後再給李承東的臉狠狠打上一拳，李承東隨即被打得跌後了幾步，幾乎跌倒在地！

幸好他拉住圍繩，勉強扶起了自己。

正當眾人替李承東鬆一口氣時，歐陽駿已經急不及待繼續攻勢，可是李承東也不是省油的燈，連忙側身閃開，調整好自己的節奏，極速反擊！

李承東故意從歐陽駿的側身攻擊，想他騰出手來擋拳，鬆開中路，好趁虛而入，可是歐陽駿好像不怕痛似的，任由李承東痛打，只一心找機會擊中李承東的要害！

「防守啊！你不要命啊？」武叔緊張地喊道。

第一回合就鬥得難分難解，所有觀眾都看得興高采烈，可是武叔的臉上卻沒有一絲悅色。

緊接下來的回合裡，歐陽駿和李承東互有攻守，可是彼此慢慢出現了落差。歐陽駿捱了李承東幾下重擊，還是像腳板長了釘子一樣，動也不動，忍着痛楚頭暈立即揮出重拳反擊，反倒把李承東打倒在地！

不過李承東也沒有輕易服輸，趕緊爬了起來，帶着被歐陽駿打傷的臉，又再次組織攻勢。

「左勾拳！左勾拳！」魯堅在旁不斷喊着。

李承東雖然也打了歐陽駿好幾拳，可是憤怒的歐陽駿簡直像頭怪物一樣，竟能在被打的同時接連出拳，打得李承東不得不趴在地上！

「李承東再次被打倒了！看來歐陽駿很有機會KO自己的好兄弟！」旁述看這形勢十分不利。

「不一定，李承東的意志力十分驚人，他就是跪着也要重新站起來！」另一位旁述道。

拳證正想湊到李承東身邊讀秒，可是歐陽駿彷彿殺紅了眼似的，拳頭瞄準了李承東的頭部猛然衝過去！

「不要！」武叔大喊一聲。

「歐陽駿是想打死人嗎？」旁述也忍不住吃驚大叫。

幸好拳證及時擋在二人中間，推開了歐陽駿，還瞪着他低語了幾句，歐陽駿只得稍停下來。

「拳證應該是在警告歐陽駿。」旁述道。

「是啊！這樣繼續攻擊對手是嚴重犯規的，看來拳證是救了他們一命。」另一旁述補充道。

李承東在拳證數秒之內已經站了起來，歐陽駿也準備好隨時再進攻，這種狠勁給李承東帶來巨大的心理壓力。李承東稍稍搖頭，想要清醒腦袋繼續比賽，拳證也準備好讓二人再次對打，正好此時，鐘聲一響，這回合結束了。

李承東聽到鐘聲，不禁長長鬆了一口氣，慶幸自己逃過一劫！可是歐陽駿卻心有不甘，緊握着那雙充滿怒氣的拳頭，狠狠地打了台柱一拳，才肯回到繩角坐下。

「你是打人還是打拳？」武叔立即責問。

「我沒犯規！」歐陽駿反駁道。

「阿東還未站起來，拳證有示意你打了嗎？你還想打他的後腦！你是想被取消資格嗎？」武叔厲聲斥責。

「行了！我有分數！」歐陽駿顯得十分不耐煩。

「你上這擂台，不是為了打架！」武叔忍無可忍地道：「別辜負阿東的一番心血！」

「別笑話了！」

鐘聲再次響起，下一回合開始，歐陽駿連聽也不想聽，逕自走了出去。

「他是為了你才去King Boxing的！」武叔不得不叫了出來。

這句話，頓時令歐陽駿有點猶豫。

他看着李承東那張被打得瘀腫的臉，思緒一片混亂。到底李承東有沒有變質？還是變的人不是他？

就是這番思想掙扎，使歐陽駿的精神難以集中，給了李承東一個很大的喘氣空間，能組織更密集的攻勢取分，也能阻擋歐陽駿繼續強攻，減少自己受傷的機會。

「你為何去了King Boxing？」歐陽駿竟然在打鬥中途，問李承東這樣的問題。

「專心比賽！」李承東只拋下這句話，就一記重拳送到歐陽駿的腰間！

歐陽駿被打痛了，也發了狠勁，給李承東的臉上補一拳！

這兩兄弟拳拳到肉，使觀眾尖叫連連。

這個回合在一輪不相上下的對打之中結束，歐陽駿回去後，武叔遞上了水和冰袋，歐陽駿卻顧不上這些。

「你快說，到底是怎麼一回事？」歐陽駿急不及待地問。

「魯堅用你的合約要脅阿東簽進King Boxing，還故意設局要尚武傾家蕩產……」武叔捉住歐陽駿的手，由衷道：「我們的苦肉計，網上眾籌之類的，全是阿東和曦琳的安排，所以這場比賽你不能輸！」

這消息對歐陽駿來說，簡直是晴天霹靂！他為什麼沒想到，李承東就是這樣的傻瓜！他為什麼不相信這個一直以來像大哥似的保護他，照顧他的好兄弟？他竟然還想在擂台上打死自己的好兄弟！

歐陽駿整個人像被拋進水底一樣，咕咚一聲，耳膜鼓了，眼睛矇了，鼻孔塞了——他窒息了。

鐘聲再次響起，歐陽駿卻呆呆地站在李承東的面前。

「奇怪了，怎麼歐陽駿不動了呢？」旁述說出了觀眾的心底話。

「打我！」李承東冷冷地道。

「我做不到……」歐陽駿搖搖頭，忽然間雙眼通紅，彷彿他的天空要崩坍一樣：「我做不到！」

李承東也放下了拳頭，看得所有人嘖嘖稱奇。

「打他啊！你在幹什麼？」魯堅大喊。

「他們不是想在擂台上聊天吧？」旁述也不禁納悶。

「你不打，我所有的心機都白費！」李承東低聲喊道，然後一拳又一拳地打過去：「還手！快還手！」

這些拳勁不算什麼，歐陽駿卻竟然一步步後退！

魯堅看着擂台上的形勢，不禁捏一把冷汗。他早該想到，就算武叔懂得拍片放上網，這片要紅遍全香港，還要輿論不斷助攻，怎也需要一些人脈關係吧？他為什麼就沒想到，有可能是李承東在背後幫他呢？

歐陽駿被逼退到死角，全場噓聲四起，武叔也是百感交集，不忍再看。

李承東忽然停止了攻勢，湊近到歐陽駿面前。比賽中途，雙方都停下手來，簡直是聞所未聞，見所未見！

「打啊！」觀眾都鼓譟起來。

「你看，我們終於在高峰上相遇了。」李承東微微一笑。

「對不起……我……」歐陽駿看到李承東帶着全臉全身的傷，還對他微笑，心裡萬分愧疚。

「我想你以後，可以自由地打拳。」李承東湊到了歐陽駿的耳邊道。

拳證見二人這樣攀談，有點不知所措，只得先把二人分開，示意繼續比賽。

李承東後退一步，向歐陽駿遞出拳頭。

他們初學拳擊時，也曾經無數次戴上拳套，在擂台上也好，在什麼地方也好，拚命地對打練習，每到一方累了，想要放棄的時候，另一方就會這樣遞出拳頭，兩個拳頭碰了一碰，就像施了什麼魔法似的，叫人鬥志重燃起來。

現在歐陽駿看着李承東這拳頭，千言萬語只能盡在不言中。

他知道自己不能辜負了大家的一番苦心，就強忍着淚水，這輕輕一碰，卻是需要無比沉重的決心和勇氣，歐陽駿也終於重投作戰狀態之中！

唯一的分別是，歐陽駿眼裡已經沒有恨意，只有享受拳賽的認真神色。

李承東與歐陽駿互相了解對方的套路，自然是旗鼓相當，得分非常接近，觀眾都靜候着其中一方突圍而出的時刻。

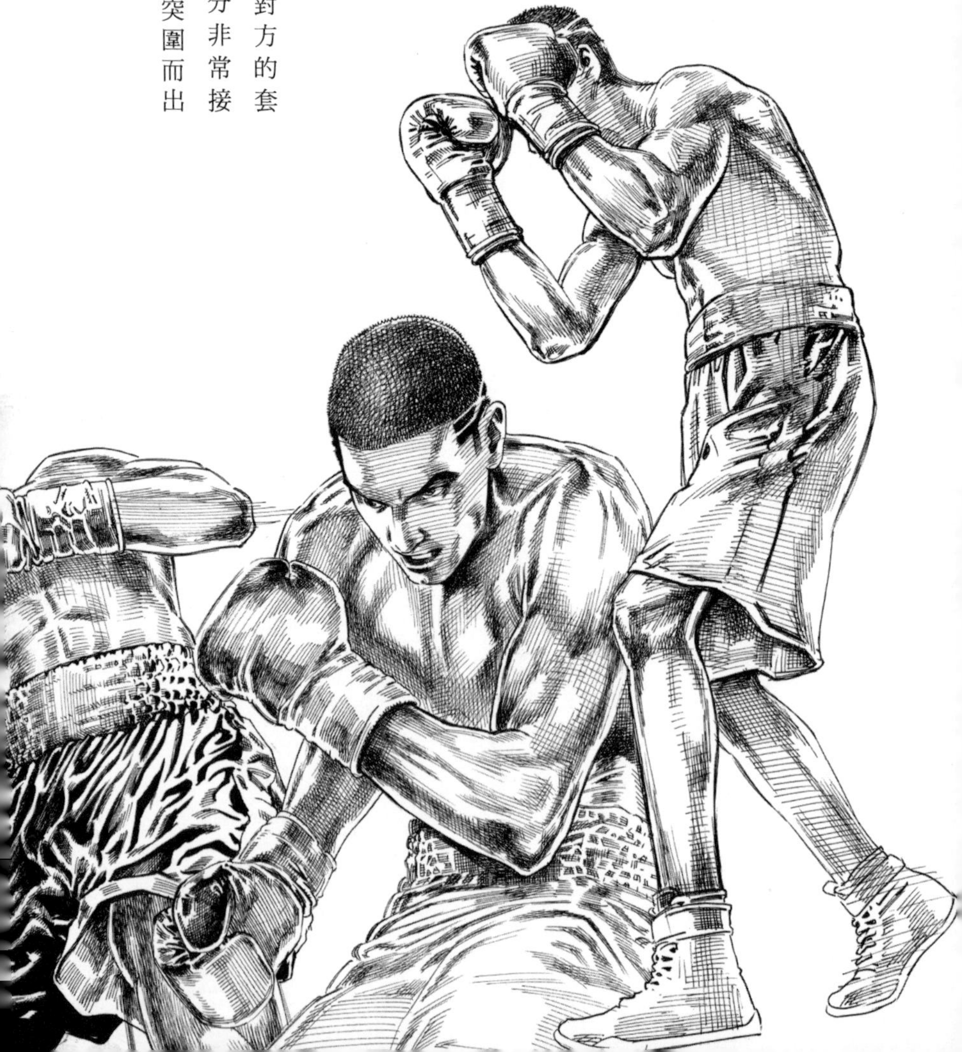

不過這幾個回合下來，大家的體力也消耗了不少，這樣下去分數難以定輸贏，歐陽駿也開始心急了，李承東便故意放軟手腳，讓歐陽駿以強攻帶起比賽節奏。

歐陽駿每一拳都毫不留力地往李承東防守的手臂打過去，待他痛得不得不以雙手集中防守時，就抽出空檔以後手發重拳，往腰間打過去！

李承東一個往後彎身，巧妙避開！

這角度剛好看見歐陽駿的空隙，是出拳的大好機會！

魯堅看見機會來了，更是金睛火眼地期待着李承東KO歐陽駿。

李承東借助彎腰的力度，大幅度屈肘出拳，以十足力度直往歐陽駿打過去！

砰！

李承東真的如魯堅所願，正正地打中了歐陽駿的下巴，直把他打到繩角去！

正當魯堅高興得想要歡呼之時，歐陽駿已經以瞬雷不及掩耳的速度，借着被打的反作用力，還以一記高速重拳，往李承東的下巴打過去！

「怎會……」

魯堅吃驚得幾乎說不出話，另一角的武叔卻卯足精神，大聲叫好。

李承東與歐陽駿，雙雙倒地！

「他們都倒了！」觀眾也投以難置信的目光，剛才那一刻太精彩了，明明是李承東準備反敗為勝，原來黃雀在後，誰會首先站起來？

「一、二、三、四……」拳證在二人的中間開始數秒。

大家也緊張地跟着拳證一起數，有人叫喊他們的名字，想要喚醒自己支持的拳手，武叔也焦急地跟着大喊歐陽駿的名字。

「五、六、七、八……」

不知道是否觀眾的叫喚起了作用，歐陽駿與李承東雙雙在拳證數到八的時候站了起來，只是還是跌跌撞撞的，無法站穩。

魯堅越看越緊張，忍不住大喊：「李承東！站好！」

李承東循聲望過去，跟魯堅四目交投，忽然面露微笑。

「九、十！」

最後，台上站着的人，只有歐陽駿！

看見歐陽駿獲勝，全場無不瘋狂歡呼，武叔更是興奮得立即衝上台，緊緊地擁抱着他！

歐陽駿被一堆人團團圍着，可是他的眼睛只緊盯剛剛在最後一秒倒坐地上的李承東。李承東一副疲累的樣子，卻笑着跟歐陽駿比了一個大拇指。

歐陽駿贏了，也樂壞了，在接過了金腰帶後，雙手把它舉起來，展示給四方八面為他歡呼的人看，眾人更是熱烈地叫嚷。

歐陽駿享受着此刻的榮耀，更希望自己在意的人都能見證這一刻，但他把眼光停留在台下秀賢專屬的座位上，卻只看見一張空椅子。

歐陽駿臉上原本燦爛的笑容，漸漸凝住。

擂台上熱鬧的另一端，彷彿是另一個世界。李承東悄然無聲地笑着下台，走過魯堅身邊，卻是自顧自走了去，連看也沒看過魯堅一眼。

「你竟敢跟我作對！」魯堅難掩內心的憤怒，攔住李承東大吼道：「你是忘了自己的合約在我手嗎？」

「對了，」李承東轉過身來，一臉不在乎地道：「我剛才被打傷了手指，恐怕要提早退役了，你自己看着辦吧。」

「我替你鋪好的大好前途，你竟然用來給歐陽駿那小子墊底？」

「能把你拖下去，我輸什麼也值。」李承東笑着說完，轉身就走。

「我沒輸！」魯堅對着李承東的背影咆哮，可是嘴巴再硬，心裡也真是沒底。現在可沒時間跟他們計較，補救才是最實際！

魯堅連忙去找來觀賽的Mr. Johnson，在大門口把人攔了下來。

「Mr. Johnson!」

魯堅幾乎撲倒似的出現在Mr. Johnson面前，Mr. Johnson立即擺出一副生人勿近的嘴臉，跟魯堅保持距離。

「我剛剛看到了，你跟你那條殺人鯨都是廢物，實在無法回收了。」Mr. Johnson一臉輕視地道：「看你，你這討厭的樣子，去堆田吧，別弄髒我的眼睛。」

「不！King Boxing還需要我！」

「King Boxing是汰弱留強的地方，你已經被淘汰了。」

Mr. Johnson一行人還是那樣意氣風發，彷彿剛才的比賽與他們無關一樣，揚長而去。魯堅不但失去了金主，還被金主從他一手創辦的拳館給踢出局，他承受了所有失敗和屈辱，恨得咬牙切齒。

「你們走着瞧！要我認輸，還早呢！」魯堅把悲憤化成動力，誓要那些背叛他、放棄他的人付出沉重代價。

＊＊＊

紅館內的燈光全都亮了，圍着歐陽駿的人群逐漸散去，歐陽駿這才有空坐在本該屬於秀賢的座位上，拿着電話，發了個短訊問她在哪，然後就一直緊盯着她的上線時間。

「你在等她嗎？」曦琳見歐陽駿賴着不走，只好走過去問。

「秀賢有來嗎？」

「你為什麼想知道她有沒有來？」曦琳反問。

「能有什麼原因？她是我女朋友啊！」歐陽駿被問得一頭霧水。

「她有沒有來已經不重要了。」

「我不明白。」

「你能放下拳擊，就是為了陪伴她嗎？」

「為什麼我必須二選一？」又是這個問題，歐陽駿被纏得有點惱火。

「你只有一雙手，用來抱起了秀賢，便打不了拳；你選擇了打拳，就騰不出手來抱她。你可以去找她啊，但是你又能再承諾她什麼？」

曦琳說完後，把鎖匙交到歐陽駿手上。

看着自己家中的鎖匙，就像看見自己的心一樣，交出去了，給退回來，連話也沒有一句，這感覺是多麼的不真實。

歐陽駿覺得這段感情還是有希望的，至少，他倆該好好溝通一下，說不定能哄回她呢！歐陽駿拿出電話，想要直接打給她，可是當他看着秀賢的名字時，卻猶豫了。

我愛她嗎？

歐陽駿反反覆覆地在心裡問自己這個問題。

結局

ENDING

歐陽駿贏了，全世界都在為他喝彩，可是他最想聽到的聲音，只能打匿名電話去，靜靜地聽，聽着她「喂」了幾聲，然後掛掉的聲音。

他從來不知道，掛線的聲音是這般寂靜。

外面的世界還是那般熱鬧，身邊的朋友不管熟悉的還是不熟悉的，都紛紛發訊息祝賀他，恭維他。新訊息的提示音響個沒停，卻如石沉大海，一概已讀不回。

不過，還有一個他，值得歐陽駿從頹廢中掙扎起來，踏出家門。

這個人，一直在燒臘店那一個熟悉的角落，吃着他喜歡的叉燒飯，等着他來。

「吃飯了沒？」

經過了這麼多事情，李承東見到歐陽駿的第一句話，卻是如此平淡。

「叉燒飯。」歐陽駿也沒跟李承東打招呼，直接點餐。

兩兄弟恨過、罵過，也打過，再見面已是無聲勝有聲。

「我一直想不明白，」歐陽駿緩緩開口：「拳賽是你的安排？」

「是，也不是。」李承東從容道：「魯堅怕武叔礙事，精心佈置了這一石二鳥的陷阱，想把尚武和你搞到手，我本來也不知如何是好，直到我們當眾打架的片段被擺上網，我就想着不如將計就計吧。」

「那天武叔走的時候灰溜溜的，忽然回頭又生龍活虎起來，都是你搞的鬼。」歐陽駿記起他們打架的事曝光後，他曾到尚武跟武叔道歉的片段。

「我只是打給他，叫他按我的方法去做。」李承東的臉上忽然得意地笑了一下：「還好有曦琳幫忙。」

「我就奇怪，你哪裡懂這些？那些幫忙眾籌的人、網絡上的打手，連傳媒訪問都是曦琳安排的吧！難怪輿論都偏向我們這邊。」

「她是個任性貪玩的千金小姐，但是也有真本事，最起碼書沒白唸，朋友也沒白交。」李承東稱讚女友時，竟是一副嚴父嘴臉。

「然後，你就故意輸給我。」歐陽駿試探着道。

李承東淡然笑了一笑：「你贏，是真本事。」

「你始終留了力。」歐陽駿定定地望着李承東，要他說實話。

李承東被他的目光逼得投降，想了好一會。

「我這樣說吧，」李承東不承認也不否認地解釋：「我不想打拳了。」

「你不想打拳？」歐陽駿聞言，大感錯愕。

「有些人的擂台，不一定是個真的擂台。我這生能夠有這一次跟你同台對打，已經夠了。拳手的生命不一定只有拳賽，我要打倒魯堅，就是想告訴他，我們的路，我們自己選擇。」

成為拳手固然重要，能夠自由選擇更是重要。歐陽駿對李承東的選擇，也只能默默嘆氣。

晚飯吃完了，歐陽駿想知道的，亦已經清楚了。臨走前，他從衣袋掏出一張支票遞給李承東。

「這是什麼？」這回到李承東大惑不解。

「還給你，」歐陽駿拿起了帳單站起來：「獵豹的酬金、菲律賓特訓的費用，還有教練費之類的。」

似乎武叔已經把李承東背後墊支的事都告訴了歐陽駿，李承東不好意思當眾把支票塞回歐陽駿手，又不想接了支票承認自己默默做了這許多，大感為難。

「袋好吧！錢我能還，人情我還不了，先欠你一輩子吧。」歐陽駿笑道。

「神經病！」李承東嘴上罵着，心裡卻是十分感動。

經此一役後，尚武拳擊會否極泰來，武叔看着生意越來越好，高興得笑不攏嘴。李承東跟King Boxing的合約尚有一年半才到期，他就用受傷一直推掉比賽，帶着曦琳四處遊玩，順道拜訪了好些拳擊好手，切磋學習。魯堅也離開香港了，有人說他去了美國，有人說他去了菲律賓，不管他去哪了，大家能肯定的是，憑他頑強的生命力，去哪都能捲土重來。

然而，歐陽駿的拳手之路，才剛剛翻開了新一章。想要成為國際認可的拳手，他必須加緊操練，為了加強體能，早上的晨跑加長了，也改了道，現在他已經不會再經過姜秀賢的寵物店，可他偶爾還是會在跑步的時候，想起了姜秀賢。

不知她好不好？

由於晨跑的路程太長，不好帶着街霸，歐陽駿只得在操練過後才帶牠去遛彎，有時候漫無目的般放牠自己走，牠竟然會把人帶到姜秀賢的寵物店門前，幾乎拉也拉不住。

似乎，掛念着姜秀賢的，不止歐陽駿一人。

歐陽駿拉住了街霸，就躲在暗角處，遙遙地看着店內的她在收拾東西，或是笑臉盈盈地招呼客人。沒了他，她似乎也過得很好。

白從秀賢離開了他身邊，他才着緊地看她的臉書，看她歡天喜地跟朋友吃喝玩樂，就想起從前她提起過想去試試哪一間餐廳的菜，喜歡什麼牌子的手袋，放假想去哪玩……

從前的每一次，都是秀賢隨了他的喜好，什麼好地方都沒去過，只在拳館和燒臘店跑來跑去；什麼好吃的都沒嚐過，只有她費盡心思做愛心飯盒送給他吃，還被他嫌吃了會胖。

他以為，兩個人平淡如水的相處，是最舒服最幸福的；可是當分開以後，他就後悔了，回想以前，每一幕也是不特別，不難忘，不驚喜，什麼美好的回憶都沒有留給秀賢，她就走了。

現在，歐陽駿即使如何把秀賢放在心上，她的世界也不會再圍着歐陽駿而轉了。他很想真誠地謝謝她一直以來的默默付出，很想對她說，她做的飯很好吃，也很想跟她說一聲……

對不起，我愛妳。

拳賽

MATCH

REFERENCE

參考資料

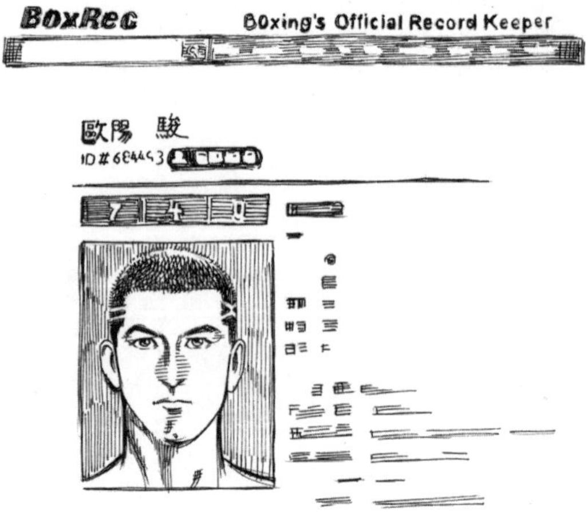

1

牌照制度——

職業拳賽於個別地方有牌照制度，分主辦牌、經理人牌、教練牌、拳手牌（十八至三十八歲，需提供健康報告）。

2

合約

有些經理人會將旗下拳擊手的合同出售給其他經理人，就像足球界球會互相買賣球員的情況一樣。

3

拳擊運動員團隊

非比賽時團隊：拳手、經理人、教練、陪練、營養師、體能教練、按摩師。出賽團隊最少四人：拳手、教練、Cutman、助手。美國有「阿里法」規定各身份必須為獨立人士，不可兼任。Cutman又稱「擂台軍醫」，是在比賽期間專門處理拳手傷口的專門療傷人員。

4

拳手要求——

四回合制的賽事，最多每月進行一場；高級別賽事，正常一年兩場。

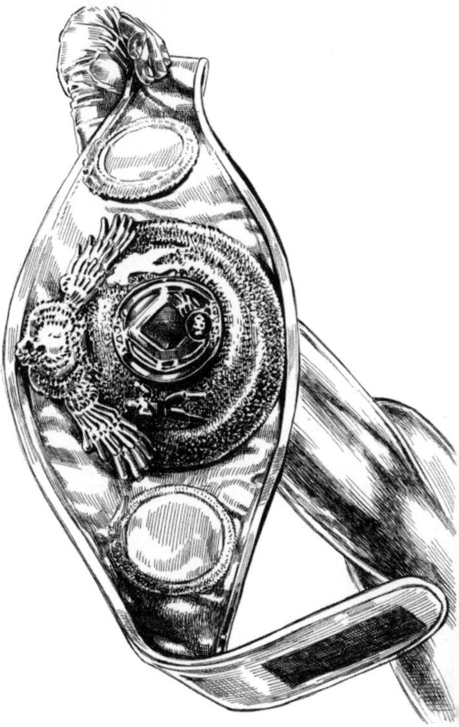

5

頭銜賽基本資格

世青：五場勝利紀錄

腰帶：十場勝利紀錄（挑戰保持者或懸空）

6

策劃和主辦比賽

主辦方需向國際認可的拳擊組織申報，例如香港是職業拳擊辦事處（HKPBB），賽情將於BoxRec網頁刊出。

比賽最少提前三個月準備，申請時要提供對賽選手的健康報告（包括驗血及腦震盪紀錄）、雙方實力是否對等（如體重、往績等，以確保公平公正。主辦方要妥善安排比賽所需，包括場地、合規格擂台、對賽拳手機票、酒店住宿、保險、拳手出場費、拳擊協會行政費、救護車、醫生、擂台邊的擔架。舉辦特別大賽，例如頭銜賽時，需兩架救護車在場。

7

拳手體重

比賽前一天雙方過磅，體重不符規定者，會減出場費百分之十至二十，但超磅三磅依然可作賽（公平起見，會增加拳套重量抵消超重）。超磅者比賽當日再過磅，不可再超出百分之十，否則取消資格，不賽而敗，且拳手不能收取出場費。如日本拳手比嘉大吾就曾因減磅失敗被取消資格，另外二〇一六年中國拳手裘曉君超磅五公斤，罰停賽一年。

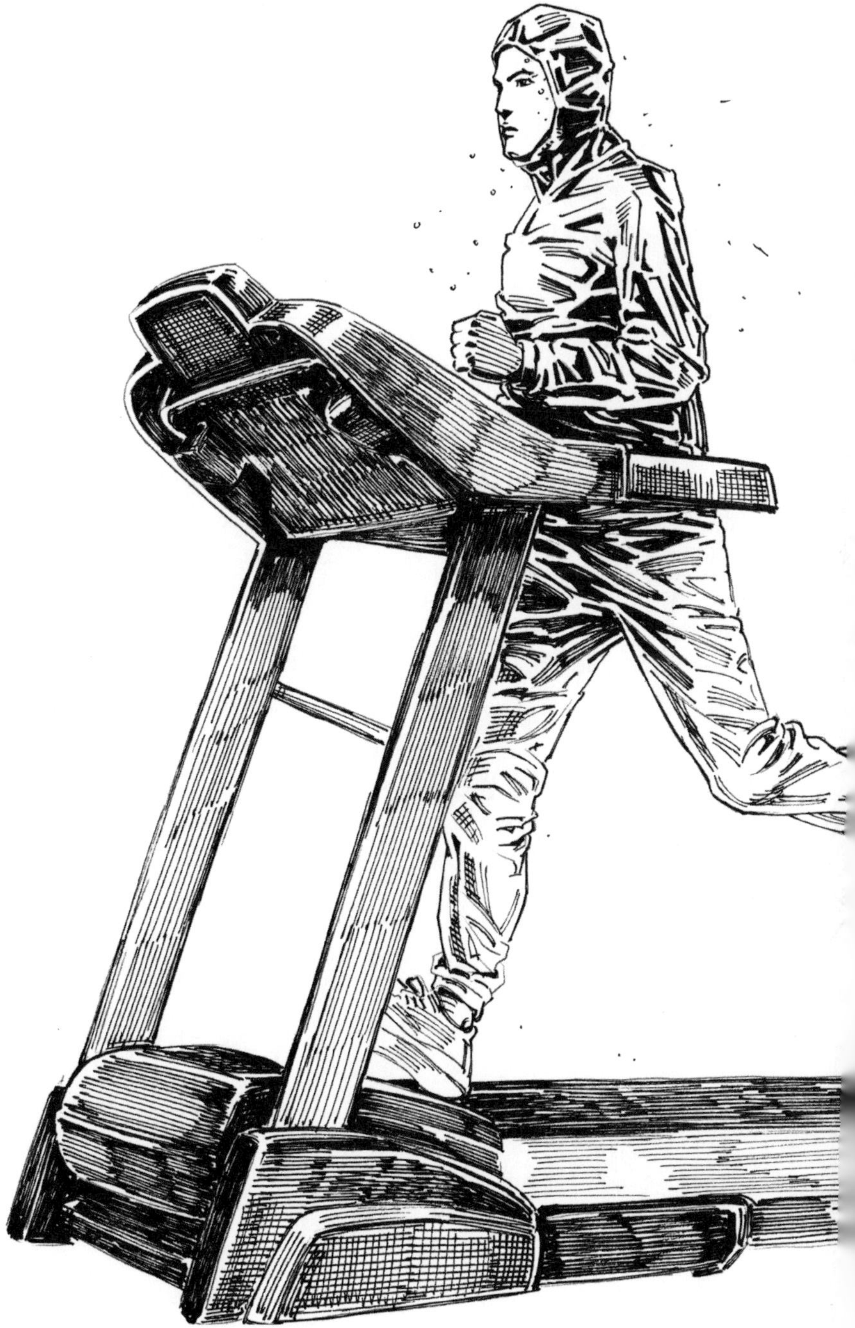

8

拳酬

一般而言，勝負不影響報酬多寡，個別情況可以事前協商（如獎金制、拆賬制等形式）。

9 拳套

比賽前，教練團會替拳手包紮手，指骨以下不能貼膠紙或膠布，裁判助理簽名作實；拳套規定採用繩結型，必須全新，重量及材質由裁判驗查，戴上後貼膠紙，裁判簽名確定。比賽前，裁判助理會一直跟隨拳手，防止作弊情況發生。

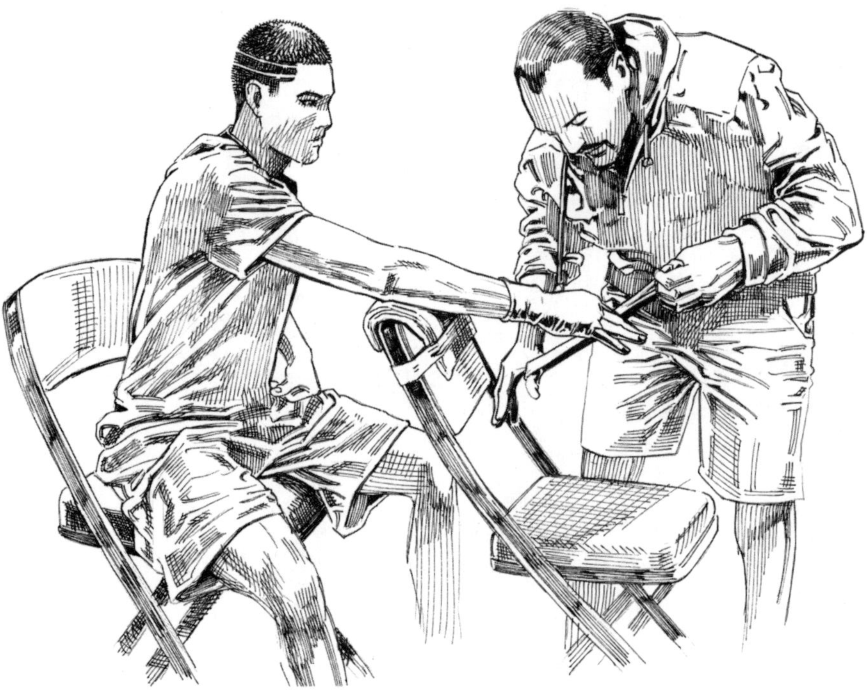

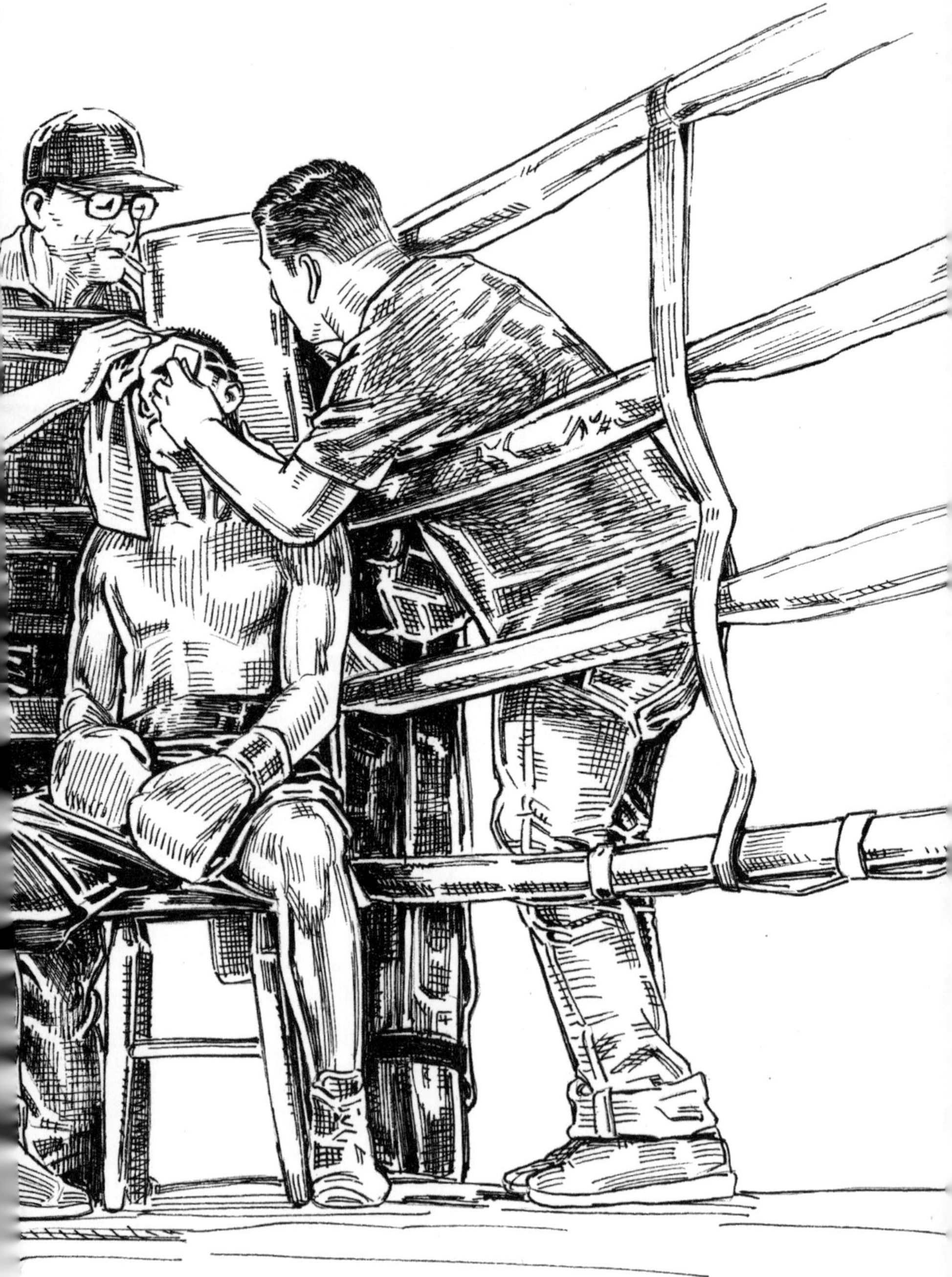

10

比賽——

每回合三分鐘，休息一分鐘，回合結束前十秒，計分裁判會叩三次木板提示。一分鐘休息時間內，教練團各人可到台邊，教練可進台與拳手溝通，其餘成員可在台邊繩外進行治療，倒數十秒哨子會響起，所有人必須離台。

11

計分準則

一名台上裁判，三名台下計分裁判。

比賽結果分勝（擊倒／技術性擊倒）、負、和三種。

擊倒（KO）：其中一方倒下超過十秒。

技術性擊倒（TKO）：視乎其他因素，裁判有權宣佈結束比賽，例如其中一方傷勢不適合繼續作賽。

除了倒下，計分方法主要分破壞力、主動性、防守性、控場力四種。

12

裁判計分

拳手只可攻擊對方正面腰以上部位，如誤打背面或腰以下，初犯裁判會警告，如蓄意再犯，會扣一至兩分，視嚴重性而定，最嚴重時，裁判可終止比賽，判犯規方輸。

雙方緊抱時，裁判會示意分開，二人需後退一步，方可重新比賽。開始前，裁判會拉雙方拳套接觸，簡單說明比賽須知。最後一回合比賽前，雙方也需要互碰一下，以示禮儀。

一方未完全跌倒前，另一方可繼續進攻，但倒下後必須停止。如遇意外或特別情況，裁判有權暫停比賽十秒。

13

十分制

拳手每回合開始時有十分，以減分制計算，由台下三位裁判評審，例如：

10：9（雙方無倒下，略顯劣勢者只能得九分）

10：8（其中一方倒下一次，得八分）

一回合內，即使大部分時間有優勢，但只要曾經倒下而對方沒有，佔優者亦會被視為表現失色的一方。

10：7（兩次倒下）

10：6（三次倒下，在個別賽例中，同一回合三次倒下仍可作賽，例如世界拳擊組織WBO）

14

倒下的定義

雙腳以外，其他身體部分接觸地面，包括全身倒下。

倒下後，裁判會數十秒，如雙腳以外仍然接觸地面，會判敗。如在八秒前站起，裁判仍然會數至八秒，讓倒下一方有時間回復清醒。

裁判以保護拳手安全為首要任務，因此會觀察倒下一方的眼神及步伐等，判斷其是否可繼續作賽。

Round
1
2
3
9
10
10
10
8
7

15

裁決結果

綜合三位計分裁判的結論，賽果可分為三種：

一致性：三勝／三和／三負

多數勝：二勝一負／二和一勝等

分歧性：一和一勝一負

16

中途暫停

理論上，台上只有裁判可宣佈比賽暫停或結束，無論拋白毛巾或醫生指示，都只是台下通知裁判的方法，裁判有權不予理會。比賽中，台上唯一可能出現第四人的情況，就是助理依指示要求停止比賽。

17

中斷時賽果

比賽因種種理由不能繼續時，如在首三回合前終止，無論雙方分數如何，皆判和局；如賽至第四回合或以後，則提前計分，高分者勝。

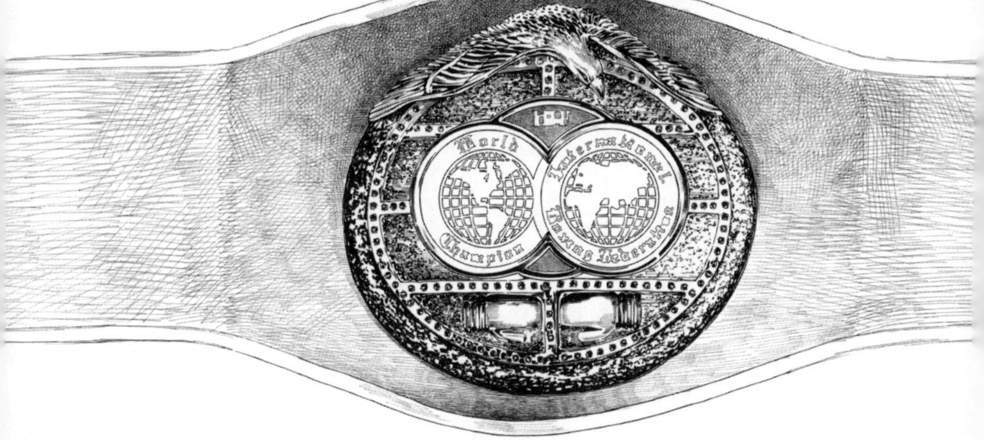

18 腰帶

每次皆為全新訂製，賽後即場交接的儀式，只具象徵性意義，日後協會將送上全新一條。只要曾經取得一次腰帶，即使不能衛冕，拳會亦可自費製作留念，製作需時一個月，主要生產地在美國及泰國。

19 賽後

拳手需要通過尿液測試。

後記 Postscript

我不知道自己是天賦過人，還是讀寫障礙。

我閱讀得比人慢，每讀兩三頁紙就需要停下來，讓腦內以影像演繹一次文中描述。上天給我一份天賦，能閉目看見影像，有演員，有場景，有鏡頭運動，看罷一段戲，方能繼續閱讀下一場。

每一次創作必須以影像演繹一次，為了要令影像更豐富，更真實，我習慣將所有相關資訊包圍自己，不論電影、攝影、小說、真實事例，通通搜羅出來，甚至尋找與故事主人公相關的人和事加以了解，體會其生活，置身其中，想像其一言一行，坊間有人說，這叫方法演技（我並沒有接受過正統方法演技訓練，不敢下判斷）。

開始創作《死角》之初，依舊用老方法，找尋海量資料，讓電腦、人腦塞得滿滿。由於已學習拳擊一段時間，與拳會各人開始熟稔，大家知道我以拳擊為主題，提供無限支持，讓我知道更多職業拳擊的專業知識、歷史、趣聞。

記得多年前曾經與作家喬靖夫合作，將其作品《吸血鬼獵人》畫成漫畫，由於他除了作家身份以外，亦是一位真正武者，他對我說，書中所有動作細節都可演示一次給我看。當年以為只是隨便說說，誰不知年月過後，他另一作品《武道狂之詩》和另一位漫畫家合作改編成漫畫時，真的一一示範，效果十分理想。

依樣葫蘆，我向拳會朋友提出同樣要求，大家二話不說就答應，一招一式示範，拍片拍照讓我參考，甚至帶我到比賽會場的工作人員區，十分感激他們。

轉眼間，《死角》自漫畫開始，接着在各地辦了一些小展覽，繼而香港國際機場的列車月台屏幕展，到今天出版圖文小說，總算寫完整個故事，歷時八載，期間電腦屏幕背景畫、拳擊參考書，從未離開我視線範圍，是否就此重新整理？

答案是：不！

漫畫只繪畫了第一冊內容，第二冊還未動筆，而且我腦內早已構思了《死角》以外兩個拳擊故事，如果同樣以八年為創作期，完成餘下兩個拳擊故事，可能是我創作生涯的全部，為喜歡而付出是一件樂事。

曾在社交媒體表示希望可以一年出一本書，朋友都留言不相信，事實，我過去真的太慢。

閱讀慢，編寫慢，那麼就讓我慢，創作是我終身事業，就慢慢地繼續。

邀請大家陪我一起慢步。

死角 II

DEAD END II

責任編輯——寧礎鋒
書籍設計——麥槩桁
協力——黃詠詩
封面字體——陳濬人
（香港北魏真書）
拳例顧問——于健亨
（職業拳擊協會總監）
美術＋故事——曹志豪
文字——留晴

出版——P.PLUS LIMITED
20/F., North Point Industrial Building,
499 King's Road, North Point, Hong Kong
香港發行——香港聯合書刊物流有限公司
香港新界大埔汀麗路三十六號三字樓
印刷——美雅印刷製本有限公司
香港九龍觀塘榮業街六號四樓A室
版次——二〇二〇年四月香港第一版第一次印刷
規格——大三十二開（140mm × 210mm）三八四面
國際書號——ISBN 978-962-04-4642-9

P+ Limited